U0055366

CLASSIC
當代大師
文學經典

異鄉客

加布列・賈西亞・馬奎斯——著

葉淑吟——譯

Doce
cuentos
peregrinos

Gabriel
García
Márquez

來自各界無比崇敬的最高讚譽！

本書是馬奎斯顛峰狀態的展現。他用超現實的簡潔與魔幻般的意象，讓我們以獨特的視角看見現實裡的沉重與荒謬！

——**洛杉磯時報**

西班牙文中「peregrinos」的主要涵義是名詞「朝聖者」，但還有第二個形容詞的涵義，即「陌生的」、「意外的」、「異鄉的」……

本書收集了馬奎斯一開始寫的以拉丁美洲之外的國家為背景的作品，這些故事多少帶有一些自傳性意味。

——**文學評論家／傑拉德·馬汀**

這本書讓人充分品味生命裡的不可思議……
馬奎斯卓越的操控力和魅惑力，
讓《異鄉客》萬分迷人，教人難忘！

——紐約時報

敏銳的心理描述……無比驚豔！

——華盛頓郵報

每篇故事都如瑰寶般光芒四射、燦爛輝煌！

——西雅圖日報

這本書是故事人的勝利！

——舊金山紀事報

《異鄉客》與我

王定國——

文學經典的重讀，是唯一真正能夠深入作家堂奧的門檻，這幾年來，除了孟若、石黑一雄，馬奎斯一直是我長期親炙的大師，一如這本寫實又深刻的《異鄉客》，雖只是短篇，卻不比《百年孤寂》遜色，反更顯其人間處境的孤寂，直探幽微的生命情境。

伊格言——

〈聖女〉的故事結尾是屈指可數令人想「起立鼓掌」的經典終局；而關於命運，〈雪地上的血跡〉則是我所讀過最恐怖的短篇之一——以上都是馬奎斯寫的，收錄於《異鄉客》，與魔幻寫實這件事幾乎一點關係也沒有。（出自《幻事錄：伊格言的現代小說經典16講》）

吳曉樂——

什麼時候你會確信馬奎斯的《異鄉客》是一部經典？以我個人的經驗，就是在許多場合，從不同人口中，聽到馬奎斯與他的這部作品。一位文壇前輩指出，馬奎斯形成不少作家創作上的阻撓，今日若有誰企圖處理國難，流離失所，不可抗力的命運等等此材，很難迴避掉一個命題，「有馬奎斯了不是嗎」。一位作家造就的氣象，莫甚如此。從前讀《異鄉客》，彼時思緒多在鑽研技巧，感受懸疑氣氛，與摸索故事的敘事邏輯。今日重讀，竟深受故事底下的伏流所觸動，魔幻寫實的形式底下，馬奎斯暗中運勁的，是他對於「人可否主宰自身命運」的探究與關懷，十二則元素紛陳的故事則展現出，縱使俗務荒謬、動亂頻仍，我們的日子、情感與掙扎，永不失其意義。更重要的是，我們還有夢。最終謝謝皇冠出版社完整了馬奎斯的創作譜系，讀者彷彿步入一場燈火漸暗的盛宴，抬眼一數，那麼晚了，竟也沒有一個人離開。

高翊峰——

在那段漫漫寫作短篇小說的時光，每當在文字的謎團迷路，或被突然造訪的故事困住，馬奎斯的《異鄉客》是引領我發現下一個詞彙的重讀之書。

陳雪——

年輕時我熟讀馬奎斯的著作，只要坊間能找到的版本，我都買回來看，我喜愛他的作品，到了癡迷的程度。但《異鄉客》對我來說卻是非常特別的一部，有段時間，我時常帶在身上，好像護身符似地，那些短小的篇章，都很完美，他向我揭示了一個充滿寓言卻又無比真實的世界，至今我都還可以想起那每一篇內容，如果說入手馬奎斯的起點是《百年孤寂》，要看另一種馬奎斯，就一定是《異鄉客》。

韓麗珠——

多年以來，《異鄉客》裡各個小說的情節，都像閃閃發亮的碎片，一直留在我的腦海，在許多個無意的瞬間，片段毫無原因地溢出，令人快樂而痛苦。例如，〈十七個中毒的英國人〉中，旅館裡那些並排而坐的粉紅色膝蓋；〈燈光似水流〉中那些淹沒在公寓裡的小孩；還有，讓我震慄多年的〈我只是來借個電話〉中，最後接受了這世界一切的荒謬與瘋狂，在療養院平靜地生活，稍微過胖的瑪莉亞。這些精緻的小說，全都在耐人尋味的骨節眼上收結，準備地擊中心之要害。

導讀──

與死亡同樣珍貴

作家／胡淑雯

我有兩次出國小住的經驗，一次八個月，去洛杉磯，另一次三個月，去巴黎，在斤斤計較行李負重之餘，兩次都帶了馬奎斯的《異鄉客》。這本書豐饒的程度，與它的輕盈同步，像某種不存在的終極行李箱，在極小值裡塞入極大值，適合所有的遠方。我將它擺在床邊，每晚睡前讀幾頁，也經常讀給床伴聽。這些故事怎麼也讀不爛，飽滿、精緻、蒼涼，時而幽默到奢侈的程度。我記得初讀的震撼，也喜愛那熟悉過後依舊不死的新鮮感。

新鮮，如〈聖女〉一篇中，死了十一年，體膚依舊完好如初的七歲女孩，手握的玫瑰聞起來，跟入殮時同樣芬芳。她跟那些「看起來就像死人」

的木乃伊完全不在同一層次，張著孩童溫柔的雙眼，「彷彿正從死亡的世界望向我們」。然而那種凝視，對人間來說，未免太過古老深邃，令人難以消受。卻也正是這一份「難」，開啟了小說的美學時空。馬奎斯說，書中的故事皆以新聞實錄為根據，這說法，反而讓小說的魔力更強，以致，當我們得知女孩的身體「沒有重量」，瞬間就接受了這不可能的神蹟。同樣，當書中某個角色說，「這不能當電影題材，沒有人會相信的。」這句話說的正是，這是一則真人真事。真實，與真實的保證，讓想像力更敢於衝撞，衝撞文明與理性。

這本書從筆記階段到完稿，相隔了二十年。馬奎斯為了查核自己的記憶，在付印前重回歐洲，重新認識巴賽隆納、羅馬、巴黎、日內瓦，卻發現自己對記憶沒有一點把握。然而，在「假記憶」強而有力的自信底下，馬奎斯得到某種「唯歲月流逝」才能獲得的自由。旅程後，他花了八個月的時間瘋狂將每一個故事從頭改寫，於是我們得到了這本一九九二年問世的短篇集，在馬奎斯獲得諾貝爾獎十年之後，再一次，於這本小說中，經歷了「魔幻寫實」的力量。但我們千萬不要忘記馬奎斯的提醒：你們所謂的魔幻，是我們的寫實，「魔幻寫實」這個字眼，反而加深了「拉丁美洲的孤寂」。

此刻，在我寫作當下的二〇二〇年，是一個聖人匱乏，甚至，不歡迎聖人的時代。小說中，那個一九七〇年代的歐洲，管理神聖事務的教會，已演化出一套世俗的官僚作業。〈聖女〉中，女孩的父親第一次也唯一一次離家，就是天殺的遠途，從哥倫比亞安地斯山區的小村莊，來到天主教的心臟羅馬，這趟為女兒「封聖」的旅程，在不斷碰壁的枯耗中已漫漫度過二十二年。教宗都已經死掉五個了，「聖者」還在等待。那等待的聖者，是沒有重量的女孩，也是那艱苦卓絕的父親，一個從不抱怨的鄉下人。在官僚的拖延中，一種神聖性死亡了，另一種神聖性誕生了。然而在後續的短篇〈我只是來借個電話〉與〈雪地上的血跡〉，官僚殺死的是世俗，是那名之為愛情的，無上世俗的幸福。

死亡，是這本小說的核心。我們在十二篇作品中經歷了十二種死亡。

北風可以殺人。燈光可以像水一樣積蓄、淹高，將小孩溺死。絕色美女在飛機上睡死，令身旁的「我」看得入迷深怕失去了自己，以致「我唯一的願望是看見她醒著，如此，我才能恢復自由。」獨居的老娼瑪莉亞，在夢兆中預見了自己的死訊，她積極辦理後事，訓練小狗替自己哭墓、認墓、認路、等紅綠燈、跟著公車路線往返來去……每一種能力都需要反覆訓練、反覆排演、反覆驗收，她幾乎就要成功了，夢中的場景即將兌現，那攜帶著暴力暗示的男人果然出現了，但是，尾隨在她身後的似乎不是死神，而是不可能的青春。當年輕的男人問她，「我可以上去嗎？」她說，「我可不容許你這樣嘲弄我。」這一刻，她發現自己漫長的、有過無數男人的一生，從未有過如此害怕做決定的時刻。她開始爬樓梯，感覺膝蓋發抖，無法呼吸，以為這本是死亡當下的驚恐，心臟緊張得簡直要爆裂，「老天哪，」她驚愕地自言自語，「所以這根本不是死亡啊。」我尤其鍾愛以下這段：當男人再問一次，「我可以上去嗎？」她尊嚴地改用西班牙語，好確保對方聽得懂，而她的回答是：「隨便你。」真是太幽默了我的天啊。

青春之後還有青春。退休之後還有事業。比如我最喜愛的開篇〈一路順風，總統先生〉，政變後流亡的前總統，在日內瓦等死，被同鄉的救護車司機盯上了，本是為了拉關係、撈好處，推銷全套的喪禮服務，包括屍體防腐與運送回國。但隨著雙方關係的進展，司機與其太太自以為機關算盡，做出的盡是倒貼幫助老總統的事。終於，老總統回家了，不料身體卻沒有依照咖啡渣的諭示走向衰亡。一年多以後的七十五歲那年，他決定重返政壇，雖說「每個人都跟我一樣：獨占我們配不上的榮譽，不知該怎麼做好這份工作。他們有些人只追求權力，但是大多數人要的更少：只求一份工作。」貌似高貴的作為，背後的動機往往並不高貴。然而這不可愛嗎？一如那對司機夫妻，出於卑瑣的理由，做出了高貴的事。在目送老總統驚險地在火車最後一節的敞篷區，保持即將墜車卻始終不墜的平衡，太太含淚勉強笑了出來，說，「天哪，那個男人怎麼也死不了！」

這篇小說的靈感，據馬奎斯說，源自他親身的夢。在夢中，他參加了自己的葬禮。摯愛的朋友們都來了，個個都身穿葬服，心情卻像在過節，他們因為相聚而感到幸福。一個人的葬亡，是一群人珍貴的相聚。葬禮結束，馬奎斯想要跟朋友們一起離開，但是不行，「唯有你不能走，」夢中的朋友這樣果斷地阻止他。

只有他不能走。

只有我不能走。

馬奎斯說，這時我才明白，死亡的意思是，你再也不能跟朋友在一起了。

原來這就是流亡，就是離散。馬奎斯知道自己要寫什麼了。

在這本小說中，我們讀到拉美人在歐洲的離散。並且在多年後的今天，也許，讀到了香港人的離散，圖博（藏人）的離散，以及，我們自身的離散。這本書我已讀過許多遍，最近再讀一遍，竟一再想起台灣的老政治犯，與政治犯的葬禮。他們跟馬奎斯的夢中同樣，因為一位老難友的葬亡，而得到難能可貴的、相聚的機會。而這樣的相聚，每發生一次就少一次。每一次都跟最後一次同樣珍貴。每一次都跟死亡同樣珍貴。

序——

十二篇流浪的短篇故事

為什麼是十二篇？為什麼是短篇故事？又為什麼是流浪？

本書的十二篇故事是過去十八年來陸續寫下。還沒寫成最後的故事之前，其中五篇原本是新聞報導和電影劇本，一篇是電視影集，另外一篇我在十五年前的錄音訪問提過，一位朋友聽過我的敘述後謄寫和發表，現在我再依他的版本重寫。這是個特殊的創作經驗，值得在這裡解釋，讓有志在長大後當作家的小朋友，從現在就知道寫作是一種難以滿足和磨人的惡癖。

七〇年代初，我在巴塞隆納住滿五年，當時我做了一個受到啟發的夢，腦中浮現第一個靈感。我夢見我參加自己的葬禮，走在一群身著嚴肅喪服的朋友之間，但大家都帶著參加節慶般雀躍的心情。每個人都因為相聚而感到幸福。我比任何人都還開心，藉著死去的機會，能跟來自拉丁美洲許久不見的最親愛的老朋友共享愉快時光。葬禮結束後，他們紛紛離去，我想陪著他們，但其中一個要我認真看清楚，這場節慶對我來說已經結束。「只有你不能離開。」他對我說。就在這一刻，我才明白死亡意謂再也不能跟朋友在一起。

不知道為什麼，我把這個前所未有的夢解釋成我對身分的覺醒，我心想，這是一個寫下拉丁美洲同胞在歐洲的匪夷所思遭遇的絕佳時間點。這是個令人振奮的發現，因為我才剛完成一部最棘手和困難的作品《族長的沒落》，還沒確定接下來的計畫。

我花了大約兩年時間把想起的事件一一記下，但還沒決定接下來怎麼處理。我在家裡沒有筆記本，開始寫的那天晚上，就用孩子們借我的作業簿。我們經常旅行，每回他們都把作業簿一起帶著，就怕遺失。後來我一共記下六十四個事件，細節都有，只欠耕耘出來。

一九七四年，我從巴塞隆納踏上回程，抵達墨西哥後，我清楚知道這不該像是我一開始以為的一本小說，而是一本短篇故事集，雖然每一篇都是新聞事件，但加入詩意跳脫原本平凡的格局。在當時，我已經寫過三本故事集。然而，那三本沒有一本是以整本來構思和寫作，每一篇故事都是獨立發展的偶然事件。因此，一九七四年的故事集如果能一氣呵成寫完，語調和風格如果能統一，在讀者記憶留下整體的印象，應該會是一場精采的冒險寫作。

頭兩個故事《雪地上的血跡》和《富比士女士的快樂夏日》都是一九七六年完筆，並立刻刊在幾個國家的文學副刊。我馬不停蹄，一天也沒懈怠，但是第三篇故事寫到一半，也就是我的葬禮的那篇，卻感覺比寫一本小說還累。我在第四篇也遇到一樣情形。我心力交瘁，力不從心，遲遲無法寫完。現在我知道原因：寫短篇故事太過耗費心力，不輸寫長篇小說。寫一部長篇小說，必須在第一段把全部確定完畢：架構、語調、風格、節奏、長度，有時甚至包括某個角色的特性。接下來只需要享受寫作的樂趣，一種最私密和孤單的樂趣，如果有人一生都不必修改書稿，那是因為下筆寫開頭和結尾的態度都一樣一絲不苟。相反地，短篇故事沒有開頭也沒有結尾：只有寫不寫得出來。依據我和他人的經驗可以得知，如果寫不出來，大多數時候改從另一條路重新下筆比較不那麼痛苦，不然就丟進垃圾桶吧。我記得一句不知道是誰說過的話，頗能安慰人：「好的作家受讚賞，不是因為出版的作品，是曾經撕破的創作。」我沒撕破那些草稿和筆記，但做了更糟的事：束之高閣。

我記得我把作業簿擱在墨西哥那張書桌上，淹沒在如同暴風雨的紙堆間，一直到一九七八年。有一天，當我翻找其他東西，我發現我已許久沒看到作業簿的蹤影。我當下沒放在心上。後來當我確定從桌上不翼而飛，開始驚慌失措。家中每一個角落都翻遍了。我們搬動家具，移開書架上的書，就是怕掉落在書本後面，我們還查問傭人和朋友，其實這個動作難以饒恕。沒有一點線索。唯一可能的解釋是——或者該說是合理的解釋，我經常處理紙張，就在其中幾次把作業簿給一起丟進垃圾桶。

我對自己的反應很吃驚：竟然把遺忘將近四年的東西看成攸關名譽。我願意不惜代價，只求失而復得，這是個跟寫書一樣艱鉅的任務。最後我把三十個故事的筆記重新寫出來。絞盡腦汁的過程反而像是一種淨化，我心狠手辣，慢慢地刪除我看來救回來也於事無補的幾個，去蕪存菁後剩下十八個。這一次我大膽決定寫下去，一刻也不停歇，但我很快就發現失去熱情。然而，我沒像建議後輩的新作家那樣，把稿子扔進垃圾堆，而是收起來以防萬一。一九七九年，當我開始寫《預知死亡紀事》，我發覺自己喪失在寫兩本書之間的空檔寫作的習慣，再次動筆越來越吃力。因此就在一九八〇年十月到一九八四年三月，我要求自己替不同國家的報社寫週刊短文，藉著紀律保持筆感。這時我想，我跟那本作業簿的筆記格格不入，依然是文學類型問題，其實不該寫成短篇故事，而是新聞報導比較妥當。但是刊登了五篇從筆記挑選的新聞報導後，我又改變想法：更適合拍成電影。就這樣，誕生了五部電影跟一部電視劇。

我從未料到寫成新聞報導跟拍成電影，竟改變我對這幾篇短篇故事最原始的一些想法，因此就在確定最後寫作形式和準備動筆之後，我得拿起鑷子小心翼翼挑出哪些是我的想法，哪些是寫劇本期間導演給我的靈感。此外，同時跟五個不同的創作者合作，讓我想出改用其他方式寫這些短篇故事：一抓到空檔就寫，累了或者遇到臨時插進來的案子就停，然後再繼續下一篇故事。不到一年，十八篇的六篇扔進紙簍裡，包括我的葬禮在內，因為我永遠寫不出夢裡的那種聚會。剩下的故事似乎氣夠長，能夠活得長長久久。

這些就是本書的十二篇故事。又過了兩年，中間陸陸續續寫，到了九月準備印刷。如果我沒在最後一刻咬著最後一個疑問不放，或許這些短篇故事不停往返抽屜和垃圾桶之間的朝聖之旅已經結束。因為故事的舞臺在歐洲的不同城市，我是在遠方憑著記憶寫下，我想要證實我的回憶是否在二十年過後依舊忠於原貌，於是展開一場短暫的確認之旅，前往巴塞隆納、日內瓦、羅馬和巴黎。

這幾座城市跟我記憶中的樣貌已全然不同。每一座都變得陌生，如同所有的現代歐洲城市發生驚人的變化：我腦中千真萬確的回憶顯得如真似幻，虛假的回憶卻太具威力，取代了現實。因此，我看不清幻滅與懷舊的分界。

這是最後的解決辦法。我終於找到完成本書最欠缺的東西，這個東西只有隨著歲月流逝才能獲得：一種從時間來看的觀點。

結束幸福的旅程之後，我把所有的故事從頭再寫一遍，在瘋狂投入的八個月中，我不需要問自己真實的經歷是從哪裡結束，從哪裡開始化為想像力，不用確定二十年前的歐洲經歷是否確實，反而成為我繼續前進的助力。這一次寫作十分順利，有時我感覺自己是為了說故事的樂趣而寫，或許這種心境就是飄飄然吧。此外，同時寫所有的故事，自由自在地穿梭在每一個之間，讓我能綜觀全貌，不必重複經歷每個故事起頭的疲憊，以及抓出不必要的累贅和嚴重矛盾的地方。我想我把這本故事集寫成最接近心中的理想。

這本書在經過漫長的顛沛流離，在面對種種未卜的險惡和掙扎著求生之後已經完成，準備送上桌陳列。所有的故事，除了前兩篇之外，都在同個時間完成，每一篇都註明動筆的日期。這個版本的故事是依照作業簿上的順序排列。

我始終相信，故事的每個版本都是越改越好。那麼要怎麼知道哪個會是最終版本？這是這一行的秘密，無法依照理解力法則來判斷，只能靠直覺的魔法，就像廚娘知道湯什麼時候煮好。總之，為以防萬一，我不再重讀，一如我也從不重讀我的每一部作品，就怕到時後悔。讀這幾篇故事的人應該會知道接下來該怎麼處理吧。幸好對這十二篇走過朝聖之旅的故事來說，最後進紙簍應該就像回到家一樣輕鬆。

加布列・賈西亞・馬奎斯

一九九二年四月，印第安卡塔赫納

目錄

一路順風，總統先生

BUEN VIAJE, SEÑOR PRESIDENTE

公園冷冷清清，他坐在靠背木頭長椅上，雙手拄著手杖的銀把手，雙眼凝視灰白的天鵝，腦中思索死亡。他第一次來日內瓦時，這座湖幽靜清澈，還有溫馴的湖鷗飛過來吃掌心的食物，以及下午六點時歡場女子彷彿幽魂紛紛出現，她們穿著歐更紗波浪裙，撐著絲質洋傘。此刻他放眼望去，唯一看到的女人是空蕩蕩的碼頭上賣花的婦人。他不敢置信歲月不但狠狠糟蹋他的人生，也折騰這個世界。

他在這座城市不過是眾多著名陌生人的其中一位。他一身白條紋深藍色西裝，錦緞背心，戴著退休法官那種圓頂毛氈硬帽。他留著三劍客的鬈翹八字鬍，一頭浪漫的青黑色茂密鬈髮，那雙恍若豎琴師的手左邊的無名指上戴著鰥夫戒指。他的眼睛流露愉悅的光彩。唯一洩漏他健康狀況的是皮膚的疲憊。儘管如此，他七十三歲了，還是不失風流瀟灑。然而，這天早上他感覺所有的虛榮已若浮雲。那些坐擁榮耀和權力的歲月頭也不回地流逝，如今只剩死亡的歲月。

兩次世界大戰後，他回到日內瓦求診，但是馬汀尼克醫院的醫生找不出病因。原本預估不超過十五天的累人檢測，已經花了六個多禮拜，得到的卻是不確定的結果，盡頭在哪裡還看不到。他們檢查肝臟、腎臟、胰臟，甚至是可能性很低的前列腺，直到那個不希望降臨的禮拜四，他曾看過的眾多醫生中較沒名氣的一位，約他早上九點在神經科看診。

醫生的辦公室像是僧侶的單人房，醫生長得矮小，一臉陰鬱，右手因為拇指骨折上了石膏。電燈關掉後，螢幕上亮起脊椎的X光片，他認不出那是自己的脊椎，直到醫生拿起一根指示棒，指著腰部下方兩塊脊椎骨接合處。

「您的疼痛是來自這裡。」醫生對他說。

他不覺得這麼簡單。他的疼痛微妙而難以捉摸，有時似乎在右邊肋骨，有時在下腹，有時他訝異發現鼠蹊部一陣刺痛。醫生停下動作，棒子還停在螢幕上。「所以我們花這麼多時間都找錯地方。」他說。「可是現在我們知道是這裡。」接著他食指按著太陽穴並指出：

「總統先生，嚴格說來，所有的疼痛都來自這裡。」

他的看診充滿戲劇性，但最後的宣判算得上仁慈：總統不得不開一個高風險手術。他問醫生風險有多高，老醫生給他一個模稜兩可的答案。

「我們說不準。」他對他說。

他指出，不久之前發生嚴重意外的機會還很大，更可能引起程度不一的麻痺。但經過兩次世界大戰，醫學的長足進步已經排除原本令人恐懼的可能性。

「請您放心。」他下結論。「準備好您的東西，然後通知我們。別忘記越快越好。」

這不是個消化壞消息的美好早晨，而且是在戶外。一大早他看見窗外陽光萬縷，沒穿外套就離開旅館，他從醫院坐落的驕陽路，踩著堅定的步伐走到充作男女偷情場所的英國公園。他在公園裡待了一個多小時，不斷思索著死亡，這時秋風蕭瑟。湖泊波浪翻騰，彷彿怒濤洶湧的海洋，一陣狂風嚇跑湖鷗，將僅剩的樹葉橫掃一空。總統站起來，沒向花販買花，而是從公園的花盆摘下一朵瑪格麗特，插在她的衣領的鈕眼。花販說出嚇他一跳的話。

「先生，這些不是天主的花。」她不太開心地對他說。「是市政府的花。」

他沒把她的話放心上。他踩著輕快的大步離開，握住手杖的中間，時而放肆地畫了個優雅的圈。白朗峰橋上，有人正在快速地拆下被強風吹得瘋狂搖擺的聯邦旗幟，頂著泡沫頭冠的噴泉柱已經提前關閉。總統先生沒認出碼頭上那間他經常光臨的咖啡館，因為綠色的遮雨棚已經拆除，夏天花朵爭豔的露天廣場剛剛關閉。館內的燈光在大白天也點著，弦樂四重奏團正演奏一首充滿預兆的莫札特樂曲。櫃檯上有一疊為客人準備的報紙，總統先生拿走一份，把帽子和手杖掛在衣帽架上，選一張比較遠的桌子坐下，戴上金框眼鏡讀報，這時他才發覺秋天到了。他先讀國際版，版面出現美洲新聞的次數寥寥可數，接著他從後面開始往前讀，女服務生送來他每天必點的一瓶愛維養礦泉水。他早在三十年前依醫生的要求戒除喝咖啡的習慣。不過他說過：「要是我確定來日不多，一定會再喝咖啡。」或許這個時間已經到了。

「再來一杯咖啡。」他以完美的法語說。接著他仔細交代，卻沒發現話中的雙重含意。「可以讓人死而復活的義式咖啡。」

他不加糖，一口接著一口慢慢啜飲，接著把杯子翻過來倒放在托盤上，經過這麼多年以後，再給咖啡渣時間寫出他的命運。失而復得的滋味讓他暫時脫離悲觀的思緒。半晌，他感覺有個人正在看他，彷彿這也是算命的一部分。於是他不經意翻頁，視線越過眼鏡上方，看見一個臉色蒼白的男子，他沒刮鬍子，戴著一頂棒球帽，穿著一件反面羔羊皮夾克，對方立刻移開視線，迴避跟他四目交接。

他感覺他的臉似曾相識。他們曾在醫院大廳遇過幾次，某一天當他看天鵝時，還曾看見他騎一輛摩托車經過湖濱大道，但是他從沒發現自己被認出來。然而，他不否認這又是流亡在外的許多被迫害妄想之一。

他不疾不徐讀完報紙，徜徉在布拉姆斯悠揚的大提琴樂聲裡，直到醉人的音樂無法再撫慰疼痛。這時，他看了一眼口袋裡的小巧黃金鍊錶，和著最後一口礦泉水，吞下兩顆中午服用的止痛藥片。摘下眼鏡之前，他坐在咖啡館的座位上解析自己的命運，打了個冷顫：結果是未卜。最後他付帳，賞了一丁點小費，從衣架拿下手杖和帽子，走到外面的街道上，沒多看那個看他的男子一眼。他踩著歡欣的腳步離去，繞過一片被風吹壞的花盆，自以為已經擺脫命運的魔法。但沒多久，他感覺背後響起腳步聲，繞過街角之前，他停下腳步轉過身。跟在他後面的男子不得不猛然停下，以免撞上他，接著就站在離他兩個手掌的距離，一臉訝異地看著他。

「總統先生。」他囁嚅。

「請轉告雇用你的人別再做白日夢。」總統先生說，他臉上依舊掛著笑意，聲音的愉悅也沒褪去。「我很健康。」

「這件事我比任何人都清楚。」男子說，他面對總統高貴的氣質手足無措。「我在醫院工作。」

他有些靦腆，不過仍能從他的發音和說話的節奏聽得出是土生土長的加勒比海人。

「您該不會是醫生吧。」總統對他說。

「我很希望，先生。」男子說。「但我只是救護車司機。」

「抱歉。」總統說，他相信自己的確搞錯了。「那是一份很辛苦的工作。」

「不比您的工作辛苦，先生。」

總統直視眼前的男人，雙手拄著手杖，用真心關切的語氣問他：

「您是哪裡人？」

「加勒比海人。」

「這一點我已經發現。」總統說。「但是哪個國家？」

「跟您同一個國家。」男子伸出手說。「我名叫歐梅羅．雷伊。」

總統詫異地打斷他的話，但沒鬆開他的手。

「老天。」他對他說。「真是個好名字。」

歐梅羅放鬆下來。

「名字還沒說完。」他說。「是歐梅羅．雷伊．德拉卡沙。」

大街上一陣刺骨寒風襲來，兩人毫無防備，嚇了一跳。總統感覺連骨頭都在發顫，這時他知道沒穿外套，無法再走兩個街區到他經常光顧的窮人餐館吃飯。

「您吃過午飯了？」他問歐梅羅。

「我不吃午飯。」歐梅羅說。「我一天只吃一餐，晚上回家才吃。」

「今天就破個例吧。」他興致高昂地對他說。「我邀您一起共進午餐。」

他拉著他的手臂，帶他到對面的餐廳，那帆布遮雨棚上面印著金色的名字：冠冕牛排館。這是一間小餐廳，裡頭暖烘烘的，不過似乎已沒桌位。歐梅羅．雷伊詫異發現竟然沒人認出總統，他繼續往前走到大廳盡頭找人幫忙。

「是現任總統嗎？」老闆問他。

「不是。」歐梅羅說。「是被推翻的總統。」

老闆露出願意通融的微笑。

「我有特別為這種客人準備的桌位。」

他帶兩人到大廳盡頭較遠的位置，他們可以在這裡盡情聊天。總統向他表達感謝。

「不是所有人都能像您一樣認可流亡的尊嚴。」他說。

餐廳的特餐是炭烤牛肋排。總統和他的客人望向四周，瞧見其他桌上擺著大塊的烤肉，邊緣一層柔嫩的油脂。「真是美味的烤肉。」總統低喃。「可是我不能吃。」他定定地看著歐梅羅，眼底掠過淘氣的光芒，接著他換語氣。

「其實，我什麼都不能吃。」

「您也不能喝咖啡。」歐梅羅說。「可是您喝了。」

「您發現啦？」總統說。「不過今天例外，只能有一次例外。」

這一天的例外不只喝咖啡。他也點了炭烤牛肋排，和一盤只淋橄欖油的新鮮蔬菜沙拉。他的客人也點了同樣的食物，加上半瓶紅酒。

等著烤肉送來時，歐梅羅從夾克口袋拿出一個皮夾，裡面沒放錢但有很多紙片，他把一張褪色的照片給總統看。總統認出照片上的自己，穿著襯衫，瘦一點，頭髮和八字鬍是濃黑色，他的四周圍繞著一群年輕人，他們踮起腳尖、爭相表現自己。他只看一眼就認出那個地方，那令人厭惡的競選活動標誌，那令人不愉快的日子。「真可怕！」他低聲說。「我總是說照片上的人老得比真實生活的自己還要快。」接著他把照片還回去，動作像是結束最後一幕。

「我清楚記得這一幕。」他說。「那是幾千年以前，在聖克里斯托瓦爾—德拉斯卡薩斯鬥雞場的事。」

「那是我的村莊。」歐梅羅說，並指出人群中的自己。「我是這一個。」

總統認出了他。

「您那時只是個小孩！」

「差不多。」歐梅羅說。「我是大學團領隊，跟著您跑完全程的南部競選活動。」

總統搶先一步責怪自己。

「我一定連注意都沒注意過你。」他說。

「正好相反，您對我們非常親切。」歐梅羅說。「但是我們人太多，您不可能記得。」

「然後呢？」

「您應該最清楚吧？」歐梅羅說。「爆發了軍事政變，現在我們還能在這裡準備大快朵頤半頭牛，已經是個奇蹟。能有這等運氣的人不多。」

這時，他們的菜端上來了。總統把餐巾圍在脖子上，那彷彿是孩子用的圍兜，不過他忽略客人無聲的訝異。「如果不圍餐巾，我每吃一餐就會弄髒一條領帶。」他說。開動前，他嘗了一口醬汁的味道，他面露欣喜，表示滿意，接著回到話題。

「我不懂的是，」他說。「您為什麼不向前搭訕，而要像獵犬跟蹤我？」

歐梅羅告訴他，當他看見他從特殊病患專用大門踏進醫院，就認出他來，當時是盛夏，他身穿一整套安地列斯群島風格的白色亞麻西裝，腳上一雙黑白相間的鞋子，鈕眼插著瑪格麗特，一頭美麗的鬈髮被風撫亂。歐梅羅查到他隻身待在日內瓦；沒靠任何人協助，因為他曾在這個城市完成法律學業，對這裡瞭若指掌。醫院高層按照他的要求，決定採取嚴密保密措施，當晚，歐梅羅就跟妻子商量好與他相認。然而，他跟蹤他五個禮拜卻一直苦無機會，如果不是總統主動面對他，他恐怕連打個招呼都辦不到。
「我不討厭獨處。」總統說。「不過，我很高興您這麼做。」
「真不公平。」
「為什麼？」總統誠心誠意地問。「我這輩子最大的成功是讓大家都忘了我。」
「我們還記得您，記得比您所能想像的還要牢。」歐梅羅說，絲毫沒掩飾他的情緒。「看到您現在健康、年輕的模樣，實在很開心。」
「然而，」他平靜地說。「照一切看來，我很快就要死了。」
「您康復的機率非常高。」歐梅羅說。
總統大吃一驚，但是仍不失優雅。
「喔，天哪！」他驚呼。「難道在美麗的日內瓦已經廢除所謂的醫病保密規定？」
「全世界的醫院的救護車司機知道所有的秘密。」歐梅羅說。
「但我是在還不到兩個小時前才知道，而且是從唯一應該知道的人口中得知。」

「總之，您不會白白死去。」歐梅羅說。「會有人把您當作偉大的楷模，給您應得的位置。」

總統裝出訝異的逗趣模樣。

「感謝您的預言。」

他吃東西跟做任何事都一樣：慢條斯理，乾淨俐落。用餐同時，他直視歐梅羅的眼睛，因此後者感覺他似乎看透他在想什麼。他們聊著令人懷念的回憶，許久過後，他露出淘氣的微笑。

「我本來決定不要再擔心怎麼處理自己的遺體。」他說。「但現在看來，我多少得學點懸疑小說裡的預防措施，別讓人發現屍體。」

「沒用的。」歐梅羅開玩笑說。「醫院裡，所有的秘密頂多只能隱瞞一個小時。」

喝完咖啡後，總統解讀他的咖啡杯底，再一次忍不住顫抖：信息是一樣的。然而，他沒改變臉色。他用現金付帳，但結帳前他萬分謹慎地檢查好幾遍金額，數了好幾遍鈔票，留下只換來服務生嘟囔一聲的小費。

「很榮幸遇見您。」他向歐梅羅道別並說。「我還不知道手術的日期，也還沒決定是不是要開刀。但一切順利的話，我們還會再見面。」

「為什麼不提前再見一次呢？」歐梅羅說。「我的太太蘭薩拉替有錢人煮飯。她做的龍蝦飯無人能比，我們希望最近找一天晚上招待您到我們家。」

「我不能吃帶殼海鮮，但是我會很樂意享用。」他說。「告訴我哪一天。」

「我禮拜四休假。」歐梅羅說。

「太好了。」總統說。「禮拜四下午七點我會到您家。很榮幸受邀。」

「我來接您。」歐梅羅說。「仕女旅館，工業路十四號。就在車站後面。沒錯吧？」

「沒錯。」總統說，接著他起身，散發一種前所未見的迷人神采。「看來，您連我鞋穿幾號都知道。」

「當然知道，先生。」歐梅羅高興地說。「四十一號。」

歐梅羅．雷伊沒告訴總統他最初的動機並不單純，但往後幾年他卻把這件事說給所有想聽故事的人。他跟其他救護車司機一樣，在醫院內推銷跟葬儀社和保險公司約定的服務，尤其是針對財力不高的外國病患。賺的不多，此外還得跟其他員工共分，因為他們經手重病患者的病歷機密。但是對一個沒有根的流亡人士來說，他得靠少得可笑的薪水和妻子以及兩個孩子艱苦度日，已經是挺不錯的收入。

他的妻子蘭薩拉．戴維斯比較實際派，她是波多黎各聖胡安的黑白混血女人，長相細緻，身材矮小壯碩，膚色是糖漿色，那雙如同兇悍的母狗的眼睛，跟她的脾氣十分匹配。他們在醫院的慈善救助處相識，她在那兒當打雜的助理，在這之前一位跟她來自同樣國家的女房東把她帶來當保母，最後拋下她在日內瓦自生自滅。儘管她是約魯巴族公主，他們倆依然以天主教儀式結婚，婚後住在一棟非洲移民居住的大樓，兩房一廳的公寓位於八樓，沒有電梯。他們有個九歲的女兒叫芭芭拉，和一個七歲的兒子蘭薩羅，兒子有輕微心智遲緩的現象。

蘭薩拉．戴維斯聰明、脾氣差，但是有一副好心腸。她自認是固執的金牛座，盲目相信她的星象占卜。然而，她始終未能靠占星術謀生，實現當百萬占星家富豪的美夢。相反地，她得把偶爾的收入拿來貼補家用，有時甚至是大筆收入，她替有錢的夫人煮晚餐，好讓她們可以跟賓客炫耀她們能親手烹調令人興奮的安地列斯群島菜。至於歐梅羅個性害臊，他只能賺那點微薄薪水，但是他有顆天真的心，那話兒的尺寸能滿足她，蘭薩拉無法想像沒有他的日子。他們很合得來，但是一年比一年過得艱辛，孩子逐漸長大。總統到來的時間，他們正好開始啃蝕五年的積蓄。因此，當歐梅羅在醫院的匿名病患中發現他，他們立刻栽進幻想的漩渦。

他們不太知道該怎麼求他，或者有什麼權利求他。起先他們想過賣他整套喪禮服務，包括屍體防腐和運送回國。但慢慢地，他們發現他的死期似乎不像一開始預期那麼快。吃午餐那天，他們已經因為疑惑而不知所措。

事實上，歐梅羅並不是什麼大學團領隊，根本一點也不像，他只參加拍下照片的那場競選活動，他們奇蹟似地在衣櫃找到遺失的照片。但是他的狂熱倒是真的。他也真的是因為參加抗議軍事政變的街頭抗爭活動，被迫離鄉背井，這麼多年過後，他還待在日內瓦的唯一理由是熱情燃燒殆盡。因此，再多一個或少一個謊言，應該不足以阻礙他從總統先生身上撈到好處。

他們倆首先感到訝異的是在日內瓦到處都有合乎不幸落難的政治人物身分的住所，這位有名望的流亡人士竟然住在一間位於破落的克羅特社區的四流旅館，附近只有亞洲移民和夜晚的鶯燕，而且他只到窮人餐館吃飯。歐梅羅看著他日復一日重複那天的所有作息。他用視線伴隨他，有時距離太近不夠謹慎，他跟隨他夜間散步，走在老城悲涼的牆壁和一串串黃色風鈴草之間。他看著他面對一尊卡爾維諾的雕像呆坐好幾個鐘頭。他跟著他一步步爬上露天石頭階梯，被茉莉花悶熱的香氣嗆得無法呼吸，只為了從博地弗廣場高處凝視夏日緩慢的日落。有一天，他看到他沒穿外套也沒撐傘，頂著季節交替的第一場綿綿細雨，和一群學生一起排隊聽魯柏斯汀的音樂會。「真不知道他怎麼沒得肺炎。」後來他對妻子這麼說。前一個禮拜六天氣開始轉變，他看見他買了一件假鼬鼠皮領子的秋季外套，但買的地點是跳蚤市場，而不是隆河街上逃亡在外的埃米爾光顧的金碧輝煌商店。

「所以我們根本什麼都不能做！」蘭薩拉聽完歐梅羅這麼說便大呼。「他是個一毛不拔的鐵公雞，根本不會在乎死後埋在慈善機關的公共墓穴。我們不可能從他身上撈到好處。」

「他恐怕真的是窮光蛋。」歐梅羅說。「畢竟這麼多年沒工作。」

「喔，黑仔，上升星座在雙魚座的雙魚座可不會是個懦夫。」蘭薩拉說。「每個人都知道他侵占政府的黃金，他是馬汀尼克醫院最有錢的流亡人士。」

歐梅羅比她大十歲，他對總統的印象來自從小所聽所聞，他曾在日內瓦念書，當過建築工人。相反地，蘭薩拉從小聽的都是敵對報紙刊登的醜聞，她還是小女孩時就在一戶敵對陣營人家裡當保母，在那裡醜聞更是經過加油添醋。因此，當那晚歐梅羅因為跟總統共進午餐，喜孜孜回到家，她壓根兒不想跟他吵他接受邀請到高級餐廳吃飯。她不開心的是，歐梅羅竟沒向總統要求他們夢想許久的東西，包括給孩子的獎學金和在醫院裡換個更好的職務。她感覺她的懷疑是真的，總統寧願把身體給禿鷲吃，也不會花一毛錢舉辦合乎身分的喪禮和光榮運送回國。但是壓倒她的最後一根稻草是歐梅羅留到最後才講的消息，他邀總統禮拜四晚上來家裡吃小龍蝦飯。

「這根本不是我們需要的，」蘭薩拉大吼。「要是他吃了罐頭小龍蝦中毒死在這裡，我們豈不得動用小孩的存款來埋葬他。」不過迫於對婚姻的忠誠，最後她還是答應了。她得先跟一位女鄰居借三套鍍銀餐具和一個玻璃沙拉碗，再跟另一位借電咖啡壺，以及另一位借一條刺繡桌巾和一套咖啡骨瓷杯組。她把老舊的窗簾換上只在節日使用的新窗簾，拆掉家具的保護套。她花了一整天刷洗地板，清除灰塵，將物品改變擺放位置，直到換成跟他們完全格格不入的風格，好讓賓客感動他們雖然家徒四壁但仍保持體面。

禮拜四晚上，總統爬上八樓，等待從氣喘吁吁恢復後，他出現在門口，身上是那件新的舊外套，頭戴一頂舊時的圓頂毛氈硬帽，拿著一朵送給蘭薩拉的玫瑰。她對訪客的男子氣概和優雅的王子氣質印象深刻，但除此之外，他完全就是她意料中的樣子：虛假和貪婪。她覺得他粗魯無禮，因為她煮飯時，將窗戶打開，怕的是屋子裡都是小龍蝦的氣味，而他踏進屋內第一個舉動是深深吸一口氣，彷彿突然間陶醉不已，而且他閉上眼睛，打開雙臂感嘆：「喔！來自我們大海的氣味！」她覺得他真是吝嗇至極，只送上一朵玫瑰，而花一定是從公園偷摘來的。她覺得他真是厚臉皮，他帶著輕蔑的目光打量有關他當總統那段光榮歲月的剪報，和競選活動的長條旗跟三角旗，那都是歐梅羅真心誠意釘在客廳的牆壁上的。她感覺他真是鐵石心腸，因為他根本沒和芭芭拉跟蘭薩羅打招呼，他們倆可親手做了禮物要送他，然後在吃晚餐時，他提到他最無法忍受的兩個東西是狗跟小孩。她討厭他。然而，她那加勒比海的好客天性還是戰勝了她的偏見。她換上一襲晚宴穿的非洲長袍和聖得利亞教的項鍊以及手環，整場晚餐，她沒有多餘動作或多說一個字。她做到無可挑剔：完美。

其實小龍蝦飯不是她的拿手菜，但是她使出渾身解數，力求美味可口。

總統盛了兩次，忍不住一直讚美，而且他喜歡炸熟大蕉片和酪梨沙拉，不過他隻字不提他的鄉愁。蘭薩拉只是聆聽，一直到甜點時間，豈知歐梅羅哪壺不開提哪壺，糾纏著天主存在的問題，鑽進了死胡同。

「我相信祂存在。」總統說。「但是祂跟人類毫不相干。祂忙的是更重要的大事。」

「我只相信星象。」蘭薩拉說，並搜尋總統的反應。「您是哪一天生的？」

「三月十一日。」

「果然沒錯。」蘭薩拉說，她為自己猜對嚇一跳，接著她好聲好氣問：「兩個雙魚座同坐一張桌子是不是太擠啦？」

當她去廚房泡咖啡時，他們兩個男人還在談天主。她已經將吃剩的食物收拾乾淨，她迫切希望這一晚能完美畫下句點。當她端著咖啡回到客廳，她聽見總統冒出一句令她錯愕不已的話：

「我親愛的朋友，不要懷疑：我們國家所經歷的最悲慘遭遇，就是我當上總統。」

歐梅羅瞥見蘭薩拉站在客廳入口，手上端著借來的骨瓷杯和咖啡壺，他心想她大約快昏倒了。總統的目光也落在她身上。「夫人，別那樣看我。」他語氣溫和地對她說。「我講的是真心話。」接著，他轉過頭看歐梅羅，結束這個話題。

「幸好我正在為我的愚蠢付出昂貴代價。」

蘭薩拉倒完咖啡，關掉餐桌上方的燈，那燈光嚴重妨礙他們談話，最後客廳籠罩在舒適的昏暗中。這時蘭薩拉開始對賓客感興趣，他的優雅無法掩飾他的悲傷。當她看見他喝完咖啡後，把杯子倒放在杯盤上，讓殘渣掉落，更加好奇了。

飯後閒聊時間，總統告訴他們他基於跟詩人艾梅・塞澤爾的友誼，選擇馬汀尼克島當流亡地點，當時這位朋友剛出版他的《返鄉筆記》，他幫助他展開新的人生。總統跟妻子靠著她繼承的遺產剩下的部分，在法蘭西堡買了位在丘陵上的一棟堅固木屋，屋子的窗戶裝著鐵絲網，面海的露臺上開滿原生種花朵，在那兒能聆聽蟋蟀熱鬧的鳴唱，睡個愜意的覺，吹來的微風夾帶著磨坊的甘蔗糖蜜氣味以及蘭姆酒香。他跟妻子住在那裡，妻子比他大十四歲，在唯一一次的分娩過後一直生病，他改不了反覆閱讀的壞習慣，藉著拉丁文的拉丁經典作品與命運搏鬥，他相信這是他人生最後的一幕。接下來幾年，他得抗拒各種誘惑，拒絕來自同樣被打敗的他的支持者提出的冒險邀約。

「但是我再也沒打開任何信。」他說。「一直沒有，因為我發現連最緊急的信，一個禮拜後就沒那麼緊急，十二個月後就會全部忘記，包括自己寫的在內。」

他瞥了一眼在昏暗中點燃一根菸的蘭薩拉，貪婪地伸出手指搶走那根菸。他深深地吸一口，把煙霧留在喉嚨裡。蘭薩拉目瞪口呆，她拿起菸盒和火柴盒想再點一根，但是他把點燃的菸還給她。「您抽菸模樣很有味道，讓我忍不住也想抽一口。」他對她說。但是他得把煙吐出來，因為就快忍不住咳嗽。

「我戒菸已經非常多年，但是並沒有完全放棄壞習慣。」他說。「偶爾我還是輸了。就像現在。」

他又多咳了兩下。那股疼痛再次出現。總統看了一眼口袋的懷錶，吞下晚上的藥片，接著視線仔細分析咖啡杯底部：完全沒變，可是這一回他沒有發抖。

「我的幾個昔日支持者在我之後當上了總統。」他說。

「沙亞戈。」歐梅羅說。

「沙亞戈跟其他人。」他說。「每個人都跟我一樣：獨占我們配不上的榮譽，不知道該怎麼做好這份工作。他們有些人只追求權力，但是大多數人要的更少：只求一份工作。」

蘭薩拉激動起來。

「您知道大家是怎麼談論您的嗎？」她問他。

歐梅羅心生警覺，馬上插話：

「那都是謊言。」

「是謊言也可能不是。」總統平靜無波地說。「當談論一個總統，最惡劣的行為或許是兩種混在一起講：真話跟謊言。」

他從流亡後一直住在馬汀尼克，跟外面世界的接觸只剩下官方報紙上寥無幾的消息，他靠著在一間公立中學教西班牙文和拉丁文為生，偶爾會接艾梅．塞澤爾委託的翻譯。每到八月酷熱難耐，他總是躺在吊床上直到正午，伴著臥室風扇的嗡嗡聲閱讀。他的妻子忙著照顧放養的鳥群，即使再熱的時間，還是會戴上寬邊草帽遮陽，帽子上綴著人造水果和紗布花朵。但是等熱氣散去後，就很適合在露天陽臺喝杯涼飲，他會凝望海洋直到淹沒在一片漆黑中，她則會躺在她的籐編搖椅，戴著破帽子，每根手指都戴上奇特的戒指，看著世界各地的輪船經過。「那一艘要去聖托馬斯港。」她說。「那一艘差點載不動船上裝滿的聖托馬斯港綠香蕉。」她說。對她來說，沒有一艘不會經過她的故鄉。他充耳不聞，儘管最後她忘得比他還乾淨徹底，因為她沒辦法記住任何東西。他們就這樣待到轟轟響聲迴盪的暮色褪去，不得不躲避蚊子，落荒逃回屋內。度過那麼多個八月之後，有一年當總統在露臺上讀報，他嚇得跳了起來。

「喔，天哪！」他說。「我死在埃什托里爾了！」

他的妻子昏昏欲睡，聽到這消息嚇得醒過來。那是刊登在報紙第五頁角落的六行字，這份報紙會登他偶爾接的翻譯案，報社老闆有時也會來拜訪他。現在報紙卻說他已經死在葡萄牙的埃什托里爾，那兒是溫泉浴場，是歐洲墮落的藏身處，他從沒去過，或許是他在世界上最不想死的地方。一年後，他的妻子倒是真的過世，死前飽受最後記住的那刻回憶的折磨：他們的獨子參加推翻父親的行動，不久之後遭到自己的同夥射殺身亡。

總統嘆口氣。「這就是我們，怎麼樣都無法贖罪。」他說。「那裡是全世界人渣集合而成的大陸，從未有過一時半刻的愛：一群習於激情、強暴、不名譽交易、欺騙，樹敵的子民。」他直視蘭薩拉那雙非洲眼睛，她的視線正在無情打量著他，他試著使出他昔日大師的口才安撫她。

「混種這個字意謂，混合眼淚與灑出的鮮血。對這種汁液能有多大期待？」

蘭薩拉表情陰森，不發一語，將他困在她的地盤。但是她在午夜前冷靜下來，給了他一個正式道別的吻。總統婉拒歐梅羅陪他回旅館，但沒能阻止他幫忙叫計程車。歐梅羅回到家後，發現妻子滿腔怒火，氣憤不已。

「這位是世界上最活該被推翻的總統。」她說。「真是個下流狗娘養的兒子。」

歐梅羅費力想安撫她，但兩人終究徹夜未眠，度過了一個可怕的夜晚。蘭薩拉承認他是她看過的美男子之一，魅力難以抵擋，充滿男子氣概。「他儘管是個該死的老頭子，在床上應該還是猛虎一隻。」她說。可是她認為，他糟蹋上天賜予的天賦，戴著虛假的面具。她無法忍受他假意稱自己是他們國家最糟糕的總統。或者他扮演苦行者的傲慢，因為她相信他是馬汀尼克半數製糖廠的老闆。或者他看輕權力的虛偽，他顯然願意付出任何代價只求重返總統寶座，將敵人打得灰頭土臉，哪怕只是一分鐘也好。

「而這一切，」她下結論。「只是要我們臣服在他的腳下。」

「這麼做有什麼用？」歐梅羅問。

「沒什麼用。」她說。「但賣弄魅力是一種難以滿足的壞習慣。」

她實在氣憤難平，歐梅羅無法躺在床上忍受她，便裹著一條毯子在客廳的長沙發度過一夜。凌晨時，蘭薩拉索性也下床，她喃喃自語，全身一絲不掛，平常睡覺和在家都習慣這個樣子。過了一會兒，她把那頓不希望舉辦的晚餐從記憶抹得一乾二淨。天色破曉後，她將借來的東西歸還，拆下新的窗簾換回舊的，把家具擺回原本的位置，直到家裡又恢復在昨晚之前原本十分貧困但是體面的樣子。最後，她拿下剪報、相片，那場令人厭惡的競選活動的長條旗和三角旗，全部扔進垃圾堆，最後發出一聲怒吼。

「下地獄吧！」

晚餐過後一個禮拜，歐梅羅在醫院門口遇到總統，後者正在等他，並希望他能陪他回旅館。他們一起爬上陡峭的三層樓階梯，來到一個只有天窗的小閣樓，窗外是一片灰濛濛的天空，窗內有一根繩子，上面掛著正在晾乾的衣服。此外，還有一張幾乎占去一半空間的雙人床，一張簡單的椅子，一個大水罐和一個手提的坐浴盆，一個鑲著鏡子的簡陋衣櫃，鏡面已經模糊不清。總統發現歐梅羅的錯愕。

「這裡是我學生時代的小窩。」他向他解釋。「我還在法蘭西堡就把房訂好了。」

他從一個天鵝絨袋子拿出僅剩的錢財攤在床上：幾個鑲著不同寶石的黃金手鐲，一條三圈長的珍珠項鍊，兩條鑲寶石的金項鍊，三條聖人像吊墜的金鍊子，一對鑲祖母綠的黃金耳環，一對鑽石耳環以及一對紅寶石耳環；兩個肖像吊墜盒和一個髮絲吊墜盒，十一個鑲嵌各種美麗寶石的戒指，和一個可能曾經屬於某個王后的鑽石頭冠。接著他從一個小盒子拿出三對銀袖鍊和兩對金袖鍊以及配對的領帶夾，一個鍍白金的懷錶。最後，他從一個鞋盒拿出他的六個勛章：兩個黃金的，一個白銀的，其他的沒什麼價值。

「這是我這輩子僅剩的財產。」他說。

他要支付醫療費用，因此不得不全部賣掉，他希望歐梅羅幫忙，而且要盡量低調。然而，歐梅羅覺得如果沒有合法收據，恐怕沒辦法辦到。

總統跟他解釋，這都是他的妻子從她一位殖民時代的祖母繼承來的首飾，她的祖母則是繼承一疊哥倫比亞金礦的股票。至於懷錶、袖鍊和領帶夾是他的個人物品。當然，勛章絕對沒有經過他人手裡。

「我不相信有人會有這種東西的收據。」

歐梅羅不肯妥協。

「如果是這樣，」總統思忖了一番。「我只能親自出馬。」

他刻意裝出氣定神閒，開始收拾珠寶。「我親愛的歐梅羅，請您原諒，可是一個落魄的總統的窮困，比任何窮困還要悲慘。」他對他說。「似乎連賴活都沒資格。」這一刻，歐梅羅真心誠意地看著他，屈服他的要求。

這一晚，蘭薩拉比較晚到家。她站在門口看見了在飯廳禾燈照射下閃閃發亮的珠寶，像是看見床上出現一隻毒蠍。

「黑仔，別這麼傻！」她大驚失色地說。「這些東西怎麼會在這裡？」

她聽了歐梅羅的解釋後更加不安。她坐下來檢視珠寶，一件接著一件，那萬分謹慎的模樣像是個金銀匠。過了半晌，她嘆口氣：「這些值一大筆錢。」最後她凝視歐梅羅，依然無法掙脫心中的困惑。

「老天。」她說。「該怎麼做才能知道這個男人說的都是實話？」

「怎麼不是實話？」歐梅羅說。「我親眼看到他親手洗衣服，掛在房間裡的一根鐵絲上晾乾，就跟我們一樣。」

「他是吝嗇。」蘭薩拉說。

「或者就是窮。」歐梅羅說。

蘭薩拉再檢查一遍珠寶，但這時她不再那麼專注，因為她也屈服了。因此，隔天一早她穿上她最體面的衣服，挑了幾樣她看起來比較貴重的首飾來打扮，她戴上幾枚戒指，盡可能每一根手指都戴，包括大拇指在內，以及盡可能兩隻手都戴上手鐲，然後出門去兜售。「咱們看看有誰會跟蘭薩拉·戴維斯要收據。」她踏出門口時說，並笑得渾身亂顫。她選了一間恰當的珠寶店，那裡比起商譽更注重是否氣派，她知道他們買賣不會過問太多問題，她忐忑不安，但依舊踩著堅定的步伐走進去。

珠寶商身穿禮服，長得瘦削蒼白，向她誇張地行一鞠躬，親吻她的手，接著恭候她差遣。在鏡子和強烈的燈光照明下，店裡頭比白天還要明亮，整間店就像鑽石打造。蘭薩拉連看都沒看店員一眼，就怕他揭穿自己演的這場戲，她只是跟著走到店的盡頭。

這裡有三張當作個別櫃檯使用的路易十五時期風格的書桌，店員邀她在其中一張坐下來，並在桌上攤開一張乾淨無瑕的手帕。然後他面對著蘭薩拉坐下來等待。

「有什麼我可以服務的地方？」

她摘下戒指、手環、項鍊、耳環，所有戴著讓人看見的首飾，像是布局棋盤那樣逐一擺在桌上。她說她只想知道這些珠寶的真正價值。

珠寶商在左眼戴上鏡片，彷彿醫生開始默默地仔細檢視首飾。過了一會兒，他停下檢視，開口問：

「您是從哪裡來的？」蘭薩拉沒料到他會這麼問。

「喔，先生。」她嘆口氣。「從很遠的地方。」

「我可以想像。」他說。

他再次安靜下來，這時蘭薩拉用她那雙可怕的金色眼睛無情地打量他。珠寶商特別研究了那頂鑽石頭冠，把它跟其他珠寶分開來。蘭薩拉嘆口氣。

「您是注重完美的處女座。」她說。

珠寶商沒停下檢視。

「您怎麼知道？」

「從您的舉動判斷。」蘭薩拉說。

他沒多說什麼，一直到檢視結束，他轉過來，用跟一開始同樣的慢條斯理語調對她說話。

「這些東西是從哪裡來的？」

「是祖母留下的遺產。」蘭薩拉緊張地說。「她去年在巴拉馬利波過世，享年九十七歲。」

這時珠寶商直視她的雙眼。「非常抱歉。」他對她說。「這些東西唯一的價值是黃金的重量。」他用指尖捧起頭冠，迎著耀眼的燈光旋轉。

「只有這一件例外。」他說。「這個東西非常古老，可能是埃及的，如果不是因為鑽石的狀況不太好，價值應該難以估計。但不管如何，還是有點歷史價值。」

其他珠寶上面鑲嵌的寶石，像是紫水晶、綠寶石、紅寶石、蛋白石，反而都是假的，無一例外。「原本應該都是上等的真品。」珠寶商說，並收好珠寶還給她。「可是經過一代又一代傳承，真正寶石已經一一遺失，補上了玻璃製品。」蘭薩拉感覺到綠色膽汁湧上的噁心感，她深深吸一口氣，控制住心中的驚慌。珠寶商安慰她。

「夫人，這是常有的事。」

「我知道。」蘭薩拉說，鬆了一口氣。「所以我想要脫手。」

這時她感覺自己已不是在演戲，恢復原本的自己。她不再猶豫，從袋子裡拿出懷錶、袖鍊、領帶夾和金銀勳章，和總統其他的便宜貨，全部放到桌上。

「這些也要賣？」珠寶商問。

「全部都要賣。」蘭薩拉說。

珠寶店付給她的瑞士法郎是如此嶄新，她真怕手指會染上新鮮的油墨。她收下鈔票，沒有細數，珠寶商站到門口，如同跟打招呼一樣以慎重的禮節送別她。他拉住玻璃門讓她出去時，耽誤了她一點時間。

「最後一件事，夫人。」他對她說。「我是水瓶座。」

當晚，歐梅羅跟蘭薩拉把錢送到旅館。數了又數，還差一點。因此，總統脫下婚戒和他使用的鍊錶、袖鍊、領帶夾。

蘭薩拉把婚戒還回去。

「這個不能賣。」她說。「不能把紀念就這樣賣掉。」

總統同意這句話，於是戴回婚戒。蘭薩拉也把背心鍊錶還給他。「這個也不能賣。」她說。總統不同意，但是她要他想想。

「有誰會在瑞士賣錶？」

「我們已經賣掉一個。」總統說。

「沒錯，但是賣的是黃金，不是錶。」

「這個也是黃金的。」總統說。

「沒錯。」蘭薩拉說。「但是您可能最後不用開刀，卻不能不知道幾點。」

她也不要他賣掉黃金框眼鏡，儘管他還有一副玳瑁框眼鏡。她掂了一掂手中首飾的重量，結束其他的考量。

「況且，」她說。「這些就夠了。」

離開前，她沒問過他，逕自拿下他的溼衣服，打算帶回家晾乾和整燙。

他們騎著速可達離開，歐梅羅騎車，蘭薩拉抱住他的腰坐在後面的鐵支架上。天色轉為紫藍，街燈剛剛亮起。風吹跑了最後幾片葉子，樹木光禿禿的，看起來像毛掉光的化石。一艘拖船從隆河順流而下，船上傳來震耳欲聾的廣播，沿著街道灑下一串音樂。喬治．巴頌高歌：「我的愛，抓好舵柄，時間就要到來，時間是跟阿提拉不相上下的野蠻人，凡是他的坐騎經過的心地，愛情不會再綻放。」歐梅羅和蘭薩拉一路默默地奔馳，沉醉在歌聲和風信子令人難忘的芬芳中。半晌過後，她像是從一場漫長的夢甦醒。

「該死。」她說。

「嗄？」

「可憐的老頭。」蘭薩拉說。「真是狗屎人生！」

下個禮拜五，十月七日，總統動了一場長達五個小時的手術，健康狀況暫時不明。嚴格說來，唯一的安慰是知道他還活著。十天過後，他換到一間跟其他病患共用的病房，他們終於能來探訪他。他變了個人：失神落魄，憔悴不堪，稀疏的頭髮一碰觸枕頭就掉落。僅剩下那雙靈活的手還能看出往日的優雅。他第一次嘗試用兩支可調式拐杖走路，結果卻叫人心碎。蘭薩拉睡在旁邊照顧他，好讓他節省請夜間護士的費用。同房的一個病患在第一晚住進來時，因為怕死而尖叫一整夜。蘭薩拉的猶豫在看見無止境的夜間狀況消失殆盡。

來到日內瓦四個月後，他獲得出院許可。歐梅羅小心翼翼地處理他不多的錢，付清住院費用，開著救護車載他跟其他員工，大夥兒一起將他扶上了八樓。他住進孩子的臥房，但還是一直沒認出他們是誰，慢慢他終於回到現實世界。他拿出軍人的鐵律，不間斷地做復健運動，再一次能拿他的那支手杖走路。但是他即使穿上往日的好衣服，跟從前的自己也已天差地別，不只是外表，連舉止也一樣。他害怕即將到來的嚴冬，而事實上這個冬天也將是世紀最寒冷的冬天，他不顧醫生判斷他得再多留一點時間觀察狀況，決意在十二月十三日搭乘一艘從馬賽港啟航的船回鄉。最後一刻錢沒辦法湊足，蘭薩拉想要背著丈夫從孩子的存款刮一點來補，卻發現剩下的錢比她以為的還少。這時歐梅羅坦承，他已經偷偷背著她拿走部分來付清醫院的帳單。

「好吧。」蘭薩拉無奈地說。「就當他是我們的老孩子好了。」

十二月十一日，他們在強烈的暴風雪中送他登上開往馬賽港的火車，後來他們回到家，才發現孩子的夜桌上有一封道別信。他也留下他的結婚戒指給芭芭拉，還有他從未動念想賣的亡妻的婚戒，他的鍊錶則是送給蘭薩羅。這一天是禮拜天，幾個發現秘密的加勒比海鄰居，帶著一個韋拉庫魯茲豎琴樂隊趕往了科爾納瓦車站。總統穿著一件鬆垮的外套，圍著一條蘭薩拉的彩色長圍巾，儘管強風吹打，他快無法呼吸，卻依舊站在最後一節車廂的平臺前端，拿著帽子跟大家道別。火車開始加速，這一刻歐梅羅發現他拿著總統的手杖。他跑到月臺的盡頭，把手杖用力丟出去，希望總統能在半空中接住，但是掉落在輪子之間，被輾得支離破碎。那真是可怕的瞬間。蘭薩拉最後看到的是他伸出顫抖的手，想要接住那根沒接到的手杖，火車警衛即時抓住全身沾滿雪花的老先生身上的圍巾，救他免於踩空摔落。蘭薩拉驚恐地跑向丈夫，努力破涕為笑。

「老天哪。」她大叫。「那個男人怎麼也死不了。」

後來他捎來長長一封表達感謝的電報，說他平安抵達。此後一年多不曾再有他的隻字片語。最後他親筆寫來一封長達六頁的信，很難從信中認出就是他。他的病痛又復發，跟先前一樣劇烈而準時，但是他決定不再理會，接受該過的人生。詩人艾梅．塞澤爾送他另外一根手杖，上面鑲著珍珠母貝，但是他決定不使用。他從六個月前開始正常吃肉和各種貝類，他甚至可以每天喝上二十杯黑咖啡。但是他已經不再分析咖啡杯底的殘渣，因為預言往往相反。滿七十五歲那天，他喝了幾杯馬汀尼克的香醇蘭姆酒，他覺得很愉快，他也再次抽菸。當然，他沒有感覺身體好一點，但是也沒變差。然而，這封信真正的目的在於告訴他們，他想要回到他們的國家帶領一場革新運動，實現社會正義和可敬的祖國，雖然只是為了不老死在床上這樣不足為道的光榮。他在信的末尾提到，這樣看來他的日內瓦之行簡直是天意。

一九七九年六月

聖女

LA SANTA

二十二年過後，我與馬格里托．杜瓦特再次相逢。當他突然出現在特拉斯提弗列的隱密巷道時，我實在難以第一眼就認出是他，因為他操著一口生澀的西班牙語，有著舊時羅馬人的樂天性情。他頂著一頭稀疏白髮，已經不復見初次來到羅馬時那種言行舉止的陰鬱，和來自安地斯山區的律師恍若喪服的穿著，但是隨著越聊越深入，我慢慢地從背叛他的歲月找到昔日的他，再次看見他一如從前：沉默、難以捉摸，和石匠一般固執。我們在從前光顧的一間酒吧喝咖啡，我趁第二杯送來之前，大膽地問他一個啃噬我內心的問題。

「聖女後來怎麼了？」

「聖女還在繼續等待。」他回答。

只有我跟男高音拉法葉爾．里貝羅．西爾瓦知道他這句回答隱含多少沉重的人道負擔。我們對他的悲劇故事都瞭若指掌，有好幾年，我甚至想過馬格里托．杜瓦特正在找作者寫他的故事，他是我們這些小說家等了一輩子的書中角色，如果我沒讓他找上我，是因為我認為他的故事結局根本無從想像。

他來到羅馬時，正值春光明媚，教宗庇護十二的打嗝症發作，不論是醫生還是巫師，醫術是好還是壞，都無法治好他。這是他第一次離開位在哥倫比亞托利馬省崎嶇的安地斯山區的小村莊，連他睡覺時都看得出來這件事。某天早晨，他提著一個光亮的松木行李箱出現在我們的領事館，從那行李箱的形狀和大小來看，像是大提琴的外盒，他向領事說明他這次遠行的不可思議的理由。於是領事打電話叫來跟他同鄉的男高音拉法葉爾·里貝羅·西爾瓦，要他在我們住的民宿幫他找個房間。我就是這麼認識他的。

馬格里托·杜瓦特只上過小學，但是他熱愛純文學，讀遍手邊的各種印刷品，因而提升自身的造詣。十八歲那年，他在市政府當抄寫員，娶了一個美麗的女孩，但妻子在生下兩人的長女過後不久就香消玉殞。他們的女兒有著更勝母親的美貌，卻在七歲那年因不明發燒死去。但馬格里托·杜瓦特真正的故事在於他來羅馬的六個月前展開，當時村莊的墓園需要遷移，原地要蓋一座水庫。馬格里托跟當地所有居民一樣，把死去家屬的屍骨挖出，移往新的墓園。他的妻子已經化作骨灰。反倒是一旁女兒的墳墓，她躺在裡面十一年身體依舊完好如初。他們開棺時，甚至還聞到當初一起下葬的新鮮玫瑰花的氣味。然而，最叫人吃驚的是她的身體竟然輕飄飄的。

這個奇蹟傳得沸沸揚揚，引來幾百個好奇民眾，將小村莊擠得水洩不通。毫無疑問，身體未腐壞絕對是神聖的徵兆，連教區主教都同意這等奇蹟應當交由梵蒂岡來論斷。因此，大眾集資讓馬格里托．杜瓦特前往羅馬為這件事奮鬥。這已經不是他個人的事，也不只是他的小村莊，而是攸關整個國家。

馬格里托．杜瓦特在寧靜的帕諾里社區的民宿一邊告訴我們他的故事，一邊拿掉掛鎖，打開精美的行李箱的上蓋。我跟男高音里貝羅．西爾瓦就這麼見證了這個奇蹟。這個小女孩壓根兒不像世界上許多博物館裡的那些乾枯的木乃伊，她穿著新娘禮服，埋在地底許久的時間過後，此刻繼續沉睡。她的皮膚光滑溫潤，睜開的眼睛清澈透明，彷彿從死亡世界望著我們，給人一種難以忍受的感覺。她的頭冠上的緞布和假橘子花可沒逃過時間無情的拷打，不如皮膚的保鮮，不過放在她手裡的玫瑰依然如鮮。當我們把她的身體搬出來後，松木盒的重量一點也沒改變。

抵達的隔天，馬格里托．杜瓦特開始張羅事情。起先他求助外交單位，他們能給予的同情大過於有效的幫助，接著他想出幾個計謀，跳過梵蒂岡的無數阻撓。他很少談他的種種努力，可是大家都知道再多的努力都會付諸流水。他聯絡所有能找到的宗教團體和慈善基金會，他們會專注聽他說，但是沒有半點訝異，然後向他保證將立刻協助，卻從來沒做到。事實上，當時不是個恰當時機。所有跟天主教會相關的事都延到教宗先治好打嗝症再說，然而不論是來自醫學界最精良的技術，還是世界各地捎來的各種神奇療法，都無法治好他。

到了七月，庇護十二世終於康復，接著到岡多菲堡去度他的夏日假期。馬格里托帶著聖女去參加第一場星期接見，希望能讓他親眼看看。教宗出現在內院，陽臺是那樣低，馬格里托可以看見他修得光潔的指甲，聞到他的衣裳散發薰衣草香味。但是出乎馬格里托意料，教宗沒走進來自世界各地來看他的觀光客之間，只是用六種語言發表同一篇演說，最後再以賜予宗座的祝福結束。

在不斷的拖延之後，馬格里托決定親自辦這件事，他送了一封快六十頁的信給教廷國務院，卻沒得到回音。他早料到這種結果，因為收信的官員公事公辦，僅僅是按照慣常形式瞥了死去的小女孩一眼，至於附近來來去去的職員也只是對她投以冷淡的眼神。其中一人告訴他，光是前一年他們就收到來自世界各地的八百封信，要求將完好如初的屍體進行聖化。最後，馬格里托請求他們鑑定女兒的身體沒有重量。官員鑑定了，卻不願承認。

「這應該是群體暗示的案例。」他說。

在少數的空閒時間或夏季乾熱的禮拜天，馬格里托往往待在房間裡，全神貫注地閱讀任何他認為對他的目的多少有幫助的書。每逢月底，他會以經歷豐富的抄寫員的字體，自動自發地在一本作業簿上詳細列出他的開銷，向村裡的贊助者提交一份嚴謹和恰當的報告。這一年還沒結束，他已經熟知羅馬恍若迷宮的巷道，彷彿在這裡土生土長，他學會說一口流利的義大利語，但就跟他來自安地斯山區的西班牙語一樣，只說得簡單扼要，而且他比任何人還要清楚封聖的程序。不過他花了很久時間才改變他喪服風格的穿著、背心和圓頂毛氈硬帽，當時在羅馬只有一些有著不可告人目的的秘密團體才會這麼打扮。他一大清早就帶著裝聖女的木盒出門，有時到深夜才回來，總是疲憊而悲傷，但還燃著希望的餘火，足以點燃隔天的力量。

「聖人活在屬於他們的時間。」他說。

我當時是第一次到羅馬，在電影實驗中心攻讀課程，我對他的痛苦感同身受，那種椎心蝕骨實在難忘。我們住的民宿其實是一棟現代化的公寓，離波格賽公園只有短短幾步距離，女房東住兩個房間，把其他四間分租給外國學生。我們叫她瑪莉亞美女，她是個漂亮的中年婦人，不過脾氣陰晴不定，她認為每個人都是自己房間的國王，並奉為神聖的規條。事實上，扛起日常生活雜務的是她的姊姊安朵妮塔阿姨，她就像斷翼的天使，白天得替妹妹幹活好幾個小時，她拿著水桶和草掃把走來走去，盡可能將大理石地板擦得光可鑑人。她教我們吃她的丈夫巴托里諾捕獵來的鳴禽鳥類，因為他就是戒不掉打仗時的壞習慣，後來當馬格里托無法再負擔瑪莉亞美女的租金，她還把他接到家裡住。

馬格里托的天性跟那棟亂無章法的民宿格格不入。在那裡每個小時都有新奇的事發生，我們還甚至在凌晨時分，聽到波格賽公園的動物園可怕的獅子吼叫聲而驚醒。男高音里貝羅．西爾瓦享有特權：羅馬居民並不討厭他一大清早練聲帶。他六點起床，洗個冰水藥浴，修整與梅菲斯特如出一轍的鬍鬚和眉毛，當他換上蘇格蘭格紋浴袍、中國絲質圍巾，和灑上他專屬的古龍水，就開始全心全意練歌。他會把房間的窗戶完全打開，外頭冬季夜空的星星尚未褪去，接著採漸進式練習方法，從偉大的愛情詠嘆調的樂句開始暖嗓，到最後放聲高唱。每天都可以預料當他從胸腔發出「多」音，波格賽公園的獅子就會回以震動大地的獅吼聲。

「孩子，你簡直是聖馬爾谷轉世。」安朵妮塔阿姨感嘆。「只有他能跟獅子說話。」

有一天早晨，回應他的不是獅子。當男高音開始唱《奧泰羅》的愛情二重唱：此刻夜漸深，萬籟俱寂。突然間，我們聽見從院子盡頭傳來回應他的優美的女高音歌聲。男高音繼續唱，他們倆的聲音合唱完整首曲子，附近鄰居聽了萬分欣喜，紛紛打開窗戶，讓那難以抗拒的愛情歌曲流洩進來，使他們的屋子充滿神聖。後來當男高音得知他神秘的苔絲狄蒙娜不是別人，而是偉大的瑪麗亞．卡尼格利亞，差點昏過去。

我覺得馬格里托．杜瓦特是從這個插曲開始融入宿舍的日常生活。從那之後，他開始跟大家一樣坐在餐桌吃飯，不再像一開始躲在廚房，幾乎天天吃安朵妮塔阿姨拿手的禽肉燉菜果腹。瑪莉亞美女為了讓我們習慣義大利語的語音，會讀當天報紙給我們聽，直到讀完所有的新聞，而那多變和詼諧的口吻，總為我們的生活添加樂趣。有一天提到了聖女，她說在巴勒莫市有一座巨大的博物館，裡頭收藏未腐化的屍體，有男人、女人和小孩，甚至還有好幾個主教，出土地點都是嘉布遣神父墓園。馬格里托聽了消息相當焦躁難安，一刻也無法平靜，直到我們去了巴勒莫市。但是他只消看了一眼那氣氛沉重的長廊，和裡頭存放的沒沒無名的木乃伊，便得出安慰自己的結論。

「他們不一樣。」他說。「你們一看就知道他們是死的。」

午餐過後，羅馬陷在八月的酣睡中。午間豔陽靜止不動，高掛在天空的中央，下午兩點的一片死寂只聽得見水聲，這是羅馬本身的聲音。不過只要下午七點一到，窗戶便會猛然打開，涼爽的空氣開始流動，欣喜的人群湧到街道上，在摩托車的噗噗聲，西瓜小販的吆喝聲，和飄揚在露天廣場花朵間的情歌中，體驗生活。

我跟男高音不睡午覺，我們會騎著他的偉士牌機車出門，他騎車載我，我們帶冰淇淋和巧克力去找波格賽公園的小妓女，夏天時她們經常在百年桂樹下搭訕、糾纏熱得睡不著的觀光客。她們漂亮、貧窮和溫柔，打扮跟當時大多數的義大利女人一樣，穿著藍色薄硬紗、粉色府綢和綠色亞麻布，撐著被剛結束的戰爭的砲灰蛀破的洋傘遮陽。跟她們在一起是一大樂事，因為她們會放下職業行規，冒著可能錯過一位好恩客的風險，跟我們去街角的咖啡館喝杯咖啡和痛快聊天，或者搭乘出租馬車遊公園小徑，或者替那些黃昏時刻在路上騎馬的退位國王和他們的情人感到哀傷。我們不只一次充當她們和某個晒得脫皮的美國人的翻譯。

我們帶馬格里托．杜瓦特來波格賽公園，不是來找她們，而是認識那頭獅子。牠被放養在一個荒涼的小島上，四周圍繞一條深深的壕溝，一見到我們出現在對岸，牠立刻激動地吼叫起來，驚動了守衛。正在逛公園的遊客紛紛面露驚訝地趕了過來。男高音試著從胸腔唱出早晨的「多」音，來表示他的身分，可是獅子壓根兒不理他。牠似乎對著我們所有人大吼，不分誰是誰，但守衛馬上發現牠只衝著馬格里托一人。是這樣沒錯：他一移動，獅子也跟著移動，他躲起來，獅子就停止吼叫。守衛是西恩納大學古典文學博士，他以為馬格里托這一天曾接觸其他獅子，身上沾染了牠們的氣味。這個解釋並不成立，除此之外他想不出其他理由。

「總之，」他說。「獅子的吼叫不是想宣戰，而是同情。」

然而，令男高音里貝羅．西爾瓦印象深刻的不是這次的超自然事件，而是當我們停下來跟公園的女孩聊天時，馬格里托臉上的震驚。當他在餐桌談起這件事，我們有的想捉弄，有的真能理解，一致都同意應該要好好幫忙馬格里托排解寂寞。瑪莉亞美女見我們有副好心腸，十分感動，她彷彿聖母，舉起兩隻戴著奇珍異石戒指的手按著胸口。

「若不是我對穿背心的男人反感，」她說。「我一定會做這件善事。」

就這樣，下午兩點男高音里貝羅・西爾瓦到波格賽公園一趟，挑了一個適合好好地陪馬格里托・杜瓦特一個小時的小花蝶，騎著偉士牌機車載她回來。他要她到他的臥室脫掉衣服，拿香皂幫她洗澡，替她擦乾，給她灑上他專用的古龍水，拿他刮鬍後的樟腦爽身粉撲滿她全身。最後，他除了付她已經花掉的一個小時，還外加一個小時，並指示她該怎麼做的每一個步驟。

一絲不掛的美麗女孩躡手躡腳穿過昏暗的屋子，像是在一場午睡的夢境一般，她在盡頭的臥室門前輕輕地敲了兩下。馬格里托・杜瓦特沒穿襯衫，光著雙腳，打開了門。

「先生您好。」她對他說，語氣和模樣就像個中學生。「是男高音派我來的。」

馬格里托大為吃驚，但頗有面子地接受了。他打開門，讓到一旁讓她進門，當她在床上躺下來，他卻迅速地穿上襯衫和鞋子，以該有的尊重來招待她。接著他坐到她身邊的椅子上，開始跟她聊天，女孩詫異地跟他說，他們只有一個小時，所以要快一點。但他一頭霧水。

女孩又接著說，總之他想要多久就多久，不會收他一毛錢，因為這個世界上沒有其他比他更紳士的男人了。她不知道該做什麼，視線掃過臥室，發現壁爐上面有個木盒。她問那是不是薩克斯風，馬格里托沒回答，只是稍稍拉開百葉窗，讓一點光線透進來，把木盒帶到床上，打開盒蓋。女孩想說點什麼，但嚇得下巴合不起來。或者如同她後來告訴我們的：「我連屁股都發冷了。」她倉皇而逃，卻在走廊上搞錯方向，遇到正要到我的房間換新燈泡的安朵妮塔阿姨。她們兩個都嚇死了，女孩不敢離開男高音的房間，一直待到夜很深才走。

安朵妮塔阿姨從頭到尾都不知道發生什麼事。她一臉驚慌地踏進我的房間，雙手顫抖不已，連電燈的燈泡都扭不下來。我問她怎麼了。「這間屋子很可怕。」她對我說。「而且現在是大白天。」她信誓旦旦地告訴我，戰爭期間有個德國軍官在男高音住的那個房間砍斷情人的頭。安朵妮塔阿姨說，她在工作時多次見過那位遇害的美麗女子在走廊上遊盪。

「我剛剛看見她光溜溜地走在走廊上。」她說。「就是她沒錯。」

城市重拾秋天的節奏。第一陣秋風吹起後，夏日的百花露天廣場已經關閉，我跟男高音回到托拉斯特區的小酒館，我們通常會在這裡跟卡洛．卡爾卡格尼伯爵的聲樂學生和我在電影學校的同學一起吃晚餐。我的同學當中，最常出現的要數拉奇斯，他是個聰明好心的希臘人，唯一缺點是喜歡談論社會不公平的現象，引人昏昏欲睡。幸好其他男高音和女高音總是會開嗓，來幾段歌劇撂倒他，即使是已經午夜過後也沒人聽了覺得心煩。相反地，有幾個恰巧路經的夜貓子還加入合唱，附近鄰居還會打開窗戶鼓掌。

有一晚，當我們唱歌時，馬格里托躡手躡腳走進來，不想打斷我們。他才帶著聖女去見過拉特朗聖若望大殿的教區神父，大家都知道這個人對聖禮部會的影響力，但他來不及把松木木盒拿回民宿就過來了。我瞟見他把木盒擺在較遠的一張餐桌底下，並坐了下來等我們唱完歌。酒館的人潮在過了午夜時分後逐漸散去，我們一如往常合併幾張桌子，唱歌的、聊電影的，和所有人的朋友全都坐在一起。大家都知道馬格里托．杜瓦特，但除了他是個安靜和憂鬱的哥倫比亞人，沒有人知道他的其他事。拉奇斯好奇地問他是否會拉大提琴。我嚇了一跳，不知道該怎麼處理這個難以迴避的冒失的問題。男高音跟我一樣如坐針氈，沒辦法彌補眼前的狀況。只有馬格里托能泰然自若地回答問題。

「這不是大提琴。」他說。「這是聖女。」

他把木盒放在桌上，拿下掛鎖並打開盒蓋。酒館裡的人一陣驚愕。其他顧客、服務生，以及穿著血跡斑斑圍裙的廚房人員，都聚過來目瞪口呆地望著這個奇蹟。有些人舉起手在胸前畫十字。其中一位廚娘猛發抖，雙手合握跪下來，默默地禱告。

然而，一開始的震驚過後，我們開始討論這個時代缺少聖人。而拉奇斯當然是最極端的一個。到最後，他唯一說得清楚的是他打算拍一部以聖女為題材的批判性電影。

「我相信，」他說。「老賽薩一定不會放過這個題材。」

他指的是幫我們上電影劇情和劇本的老師賽薩．薩瓦提尼，他是電影史上的偉大大師之一，只有他跟我們在課堂外還有私人往來。他不但教我們這一個行業，也試著教我們用不同的角度來看人生。他是個想像劇情的機器。他的腦海會自然而然地冒出大量的劇情。他總是迫切需要有個人幫他處理他大聲說出和捕捉到的靈感。他沸騰的情緒要到完成才會平靜下來。他說：「只可惜要拍成電影。」因為他認為搬上電影銀幕會失去大部分原本的魔力。他把他的靈感記錄在卡片上，依照題材排列，再用圖釘釘在牆上，他的靈感實在太多，釘滿了家中的一間臥房。

隔一個禮拜六，我們帶馬格里托・杜瓦特去見大師。他是一個熱愛生活的人，當我們在他位於安琪拉・美里西街的家門口遇見他時，他正因為我們打去的那通電話迫不及待。他沒像平常那樣跟我們親切地打招呼，而是直接帶著馬格里托到他準備的桌子旁，而且他親自打開木盒。這時發生我們根本無從想像的事。他非但沒像我們預測的那樣興奮，而是腦袋麻痺一片空白。

「天呀！」他驚恐呢喃。

他默默地看了聖女兩三分鐘，親手闔上蓋子，並把馬格里托當成是個剛學步的孩子，不發一語地送他到門口。他拍拍他的後背，向他道別。「謝謝，孩子，非常謝謝。」他對他說。「願天主陪你繼續奮鬥。」當他要關門時，他轉過頭對著我們說出他的結論。

「不能當電影題材。」他說。「沒有人會相信的。」

我們搭電車回家，一路想著這個令人訝異的一課。他既然這麼說，就別再多想能當電影題材的事。然而，瑪莉亞美女給我們一個緊急口信，那就是薩瓦提尼這一晚要見我們，但是馬格里托不能跟去。

當我們看見大師時，他像是沐浴在最春風得意的時刻。拉奇斯帶了兩三個同學，但是當他開門時，似乎對他們視若無睹。

「我有點子了。」他大叫。「如果馬格里托創造奇蹟，讓小女孩復活，一定會是一部轟動的電影。」

「是在電影裡，還是在真實世界？」我問他。

他壓抑心中的不快。「別說傻話。」他對我說。但我們立刻看見他眼中閃爍著無法抗拒靈感浮現的光芒。「除非他真的能在真實世界讓她復活。」

他說，然後吐出認真思考過的話：

「他應該試試。」

這只是一時的異想天開，他隨即又重拾原本的話題。他在屋子裡走來走去，像個瘋子開心地比手畫腳，大聲地描述他的電影。我們痴痴地聽著他說，彷彿看見電影畫面像是發光的小鳥，從他的身上成群逃竄而出，在整間屋子裡瘋狂亂飛。

「有一晚，」他說。「當二十位拒絕接見馬格里托的教宗都死了之後，他拖著衰老而疲憊的身軀，踏進家中，他打開木盒，輕輕地撫摸死去小女孩的臉，用全世界最溫柔的聲音對她說：『女兒啊，看在妳父親這麼愛妳的分上，站起來走動吧。』」

他看著我們每個人，做出勝利的姿勢：

「小女孩真的站起來了！」

他期待聽到我們有些什麼反應。可是我們一頭霧水，不知道該說些什麼。拉奇斯除外，他舉起手指，就像在上課一樣要求發言。

「我的問題是我不相信這件事。」他說，接著他不顧我們滿臉驚愕，心直口快地對薩瓦提尼說：「大師，請原諒我，我就是沒辦法相信。」

這時輪薩瓦提尼呆若木雞。

「為什麼不相信？」

「我怎麼知道。」拉奇斯侷促不安地說。「因為那就是不可能發生的事。」

「老天！」這時大師大吼，想必那如雷的咆哮已經傳遍整個街區。「史達林主義分子最叫人討厭的就是這一點：他們不相信現實。」

根據馬格里托告訴我的，接下來十五年，他都抱著能展示聖女的希望，帶著她到岡多菲堡。在一場大約兩百名來自拉丁美洲的朝聖者的教宗接見會上，他在又推又擠的人群中，成功把故事告訴仁慈的教宗聖若望二十三世。不過他沒機會向他展示聖女，原因是為了預防可能的刺殺行動，他不得不把聖女留在入口，跟其他朝聖者的行囊放在一起。教宗在人群的包圍中，盡可能全神貫注地聽他說，接著在他的臉頰輕輕一拍，以示鼓勵。

「很好，孩子。」他對他說。「天主會獎勵你的不屈不撓。」

然而，當他感覺夢想似乎真的快要實現，是在微笑教宗若望保祿一世執政的短暫任期。這位教宗的一個親戚聽說了馬格里托的故事後感到印象深刻，向他保證他會從中幫忙。沒人相信他的話。但是兩天過後，正當大家正在民宿吃午餐，有人打電話傳達一則留給馬格里托的緊急簡單訊息：要他不要離開羅馬，因為禮拜四之前梵蒂岡會召喚他進行一場私人接見會。

這究竟是不是惡作劇無從得知。馬格里托認為並不是，因此保持在準備狀態。每個人都足不出戶。若是得去廁所，馬格里托會大聲宣布：「我要去廁所。」這時已步入初老階段的瑪莉亞美女一向風趣極了，她像個豪放不羈的女人發出哈哈大笑：

「馬格里托，我們知道了。」她大聲說。「以防教宗召喚你。」

隔一個禮拜，就在電話通知的兩天前，馬格里托看見門下塞進來的報紙頭條標題寫著：「教宗過世。」腳一軟頹坐在地。當下他抱著一絲幻想，希望那是送錯的舊報紙，畢竟很難相信每個月都有教宗過世。但這是事實：三十三天前選出的微笑教宗若望保祿一世已在黎明時被發現死在床上。

我在認識馬格里托・杜瓦特的二十二年過後重返羅馬，如果不是巧遇他，或許不會想起他。天氣糟得一塌糊塗，我太過煩悶，根本沒想起任何人。綿綿細雨像是口水滴個不停，也像溫熱的湯汁，昔日的璀璨天光變得混濁，曾經屬於我並且載滿我鄉愁的地方，如今景色不再，變得陌生。那棟曾是民宿的家還是一樣，但是沒有人知道瑪莉亞美女的消息。這些年來男高音里貝羅・西爾瓦陸續給過我六個電話號碼，但是全都沒有人接聽。當我跟電影界新人吃午餐，我回想起我的老師，一霎時餐桌上一片沉默，直到有人鼓起勇氣開口說：

「薩瓦提尼？從沒聽過。」

是這樣沒錯：沒有人聽過他。波格賽公園的樹木在雨中頂著蓬蓬的樹頂，憂傷的公主王妃從前的騎馬道如今不見鮮花，雜草叢生，昔日的美麗女人已被難以區分性別的運動小夥子取代。唯一從人事已非的景物中倖存下來的是老獅子，牠滿身疥瘡，病懨懨，待在水已經乾涸的小島上。西班牙廣場上那些層層薄板搭蓋的小酒館裡，已經沒人唱情歌或願意為愛殉情。因為我們懷念的羅馬已經變成凱撒時代古羅馬的另一個舊日羅馬。突然間，有個彷彿從過去傳來的聲音，讓我猛然停駐在特拉斯提弗列的一條小巷道上：

「哈囉，詩人。」

是他，又老又疲憊。已經有五個教宗過世，永恆的羅馬開始顯露衰落的徵兆，他卻還在等待。「我等了這麼久，已經不差再多等一下。」我們度過將近四個小時的懷舊時光後，他向我告別並說。「可能再幾個月。」他拖著沉重的步伐走在街道上，腳上一雙戰鬥靴，戴著一頂老羅馬人的褪色扁帽，絲毫不在意那些雨水積成的水窪，水面映照的光芒已經開始模糊。這時我不再有任何疑問，如果我曾經有過，那就是他是聖人。他不知不覺，藉著女兒未腐化的身軀，為自己封聖的合法理由，奮鬥了二十二年。

一九八一年八月

睡美人的飛行旅程

EL AVIÓN DE LA BELLA DURMIENTE

她長得美，動作靈活，有著跟麵包同色的柔軟肌膚，一雙杏仁綠眸，和一頭長達背部的烏黑直髮，那古典的氣質更像來自印尼，而不是安地斯山區。她的穿著打扮有種細緻的品味：猞猁毛皮外套，綴著淡色花朵的天然蠶絲上衣，米黃色亞麻長褲，和一雙線條俐落的九重葛顏色鞋子。我心想著：「她是我這輩子見過最美的女人了。」我正在巴黎戴高樂機場排隊準備登上前往紐約的班機，看見了她如同母獅踩著安靜的大步經過。她的出現恍若超自然現象，轉瞬間消失在前廳的人潮中。

當時是早上九點。雪從前一晚開始飄下，城內的交通比平常擁擠，高速公路上的車行速度更慢，岸邊一整排貨車，雪地上一輛輛冒著熱氣的汽車。相反地，機場的前廳跟春天一樣生氣盎然。

我排在報到的隊伍中，前面一位荷蘭老婆婆為了十一件行李箱的重量，已經吵了將近一個小時。當我開始感到無聊，我看見她轉瞬即逝的身影，差點無法呼吸，所以我不知道爭吵是怎麼結束的，直到一位女職員責備我的失神，將我拉回現實。我問她是否相信一見鍾情來做為道歉。「當然相信。」

她對我說。「其他種愛情反而不可能發生。」她的視線繼續盯著電腦螢幕，接著問我想要哪種座位：吸菸區還是非吸菸區。

「都可以。」我故意對她說。「只要別坐在十一件行李箱旁邊就可以。」她露出職業性微笑，感謝我的回答，視線仍緊盯著發亮的螢幕不放。

「選個號碼。」她對我說。「三、四，還是七。」

「四。」

她的微笑泛著勝利的光芒。

「我在這裡工作十五年，」她說。「您是第一個沒選七號的人。」她在登記證上面寫下座位號碼，跟著其他文件一起交還給我，這時她第一次直視我，她的眼眸是葡萄色，在與美人重逢之前，多少能充當安慰。只是這時她告知機場剛剛關閉，所有的班機都延後。

「延到什麼時候？」

「只有上天知道。」她帶著微笑說。「早上廣播報導這可能是今年最猛烈的一場大雪。」

她錯了：這是本世紀最猛烈的一場大雪。但是在頭等艙的候機室裡，春天的氣息太過真實，花瓶插著鮮豔欲滴的玫瑰，連預先錄製的音樂都照著創作者編排那樣美妙醉人。突然間，我覺得這是個適合美人的避居地，於是我到其他大廳找人，為自己的大膽忍不住發抖。但是大多數人都是真實生活的凡夫俗子，他們讀著英文報紙，妻子則是想著其他人，凝視全景玻璃窗外凍斃在雪中的飛機、結冰的建築，和魯瓦區被獅子踐踏的耕地。中午過後，候機室內已經擠得水洩不通，悶熱難以忍受，於是我逃出去喘口氣。

到了外面，我看見了嚇人的畫面。各式各樣的人淹沒了每個候機室，他們駐紮在空氣稀薄的走道甚至是階梯上，跟他們的動物、小孩和行李躺在地上。這座透明的塑膠王宮跟城裡的通訊也已經中斷，恍若巨大的太空梭擱淺在暴風雪中。我忍不住想，那位美人應該也待在某個角落，四周圍繞這群溫順的烏合之眾，我就這麼靠著想像打起精神，繼續等待下去。

到了午餐時刻，我們感覺自己像遭逢船難。七間餐廳、咖啡館、酒吧裡都擠滿人群，外面還排著綿延無止境的隊伍，營業不到三個小時就得關門，因為吃的喝的都一掃而空。孩子們同時哭了起來，一時間似乎全世界的小孩都聚集在這裡，人潮開始散發一股畜群的氣味。這是本能甦醒的一刻。我在搶奪食物的大戰中唯一吃到的，是在一間兒童餐廳買到的最後兩杯鮮奶油冰淇淋。我在吧檯邊一點一點慢慢吃，這時餐廳內人潮逐漸散去，服務生正在把椅子放到桌上，我看著盡頭鏡子中的自己拿著最後一個小紙杯和最後一支小紙湯匙，腦中思念著美人。

前往紐約的班機原本預計在早上十一點起飛，最後延到晚上八點。當我終於登機，頭等艙的旅客都已就座，空中小姐領著我到座位。我差點喘不過氣來。美人就坐在我隔壁靠窗的座位，儼然一副旅行專家的模樣。「如果有機會寫出這段故事，一定沒有人會相信。」我心想。我試著打招呼，不過話講得不清楚，她沒聽見。

她坐在那兒的模樣像是要住好幾年，她將每樣東西歸位，井然有序，把整個位置布置成理想的家，每樣東西都在伸手可及的位置。這時空服員端給我們迎賓香檳。我拿起一杯打算給她，但是即時退縮。她只要一杯水，她還用不太能溝通的法文和勉強算流利的英文，要求空服員飛行時間千萬不要叫醒她。她的嗓音低沉溫柔，帶點東方韻味的哀傷。

水端來之後，她打開放在膝上的化妝盒，盒子四個角就像舊時老祖母的行李箱都鑲銅片，她從裡面另一個裝著不同顏色藥片的小盒子，拿出兩個金黃色藥片。她做事都有條不紊、慢條斯理，彷彿出生以來每件事都在掌握之中。最後她拉下窗戶遮簾，將座椅放到最低，拿起毛毯蓋到腰部，腳上的鞋子沒有脫下，她戴上眼罩，背對著我側睡，就這樣一路睡到紐約，期間整整八個小時又十二分鐘，沒有醒來，沒有半聲嘆息，也沒改變姿勢。

這是一場令人情緒沸騰的旅程。我一直相信大自然最美的生物莫過於一個美麗女人，因此我實在難擋睡在我旁邊的神話造物迷人的魅力。起飛後，空服員立刻消失無蹤，接著服務的是一位信奉笛卡兒哲學的空中小姐，她想叫醒美人，送給她盥洗包和耳機。我告知美人交代前一個空服員的話，不過她非得要親耳聽到她說她也不想吃晚餐才行。她跟前位空服員確認了這件事，儘管如此她還是責怪我，因為美人並沒有在脖子上掛上一張請勿打擾的小紙牌。

我一個人吃晚餐，我默默在內心說著當美人醒來後該對她說的話。她睡得很沉，我還擔心她吞下的藥片不是要睡覺，而是自殺。我每吃一口，就舉起杯子敬酒。

「祝妳健康，美人。」

晚餐過後，燈光暗下，機上開始放映沒人看的電影，我們倆在昏暗的世界裡獨處。世紀最大的暴風雪已經離去，大西洋無邊無際的夜空一片清朗，飛機似乎靜止在繁星之間。於是我一吋一吋打量她，持續好幾個鐘頭，我唯一捕捉到的生命氣息，是睡夢掠過她的額頭的陰影，彷彿雲朵映照在水面的影子。她的脖子戴著一條很細的項鍊，貼在她金黃色的皮膚上幾乎難以看見，她完美的耳朵上沒有耳洞的痕跡，她的指甲透著健康的粉色。左手戴著一枚樸素的戒指。她看起來不超過二十歲，所以我安慰自己那不是婚戒，只是一次短暫戀情的戒指。「知道妳睡著，深沉，安穩，安心徜徉，一路到底，離我被綑綁的臂彎那樣靠近。」我心想，端起了泡沫香檳，重複吟誦赫拉多・迪亞哥的十四行詩大作。接著我把我的座椅調成跟她一樣的高度，我們睡得如此靠近，彷彿同在一張雙人床上。她呼吸的節奏跟聲音一樣，她皮膚的幽香彷彿是來自她的美麗散發的氣味。真不可思議：這一年春天我剛讀完川端康成的一本美麗的小說，書中談起京都一群中產階級老人花一大筆錢，只為觀賞一整晚城內最美的女孩麻醉後赤裸身軀的模樣，但是他們躺在同一張床上飽受愛的凌遲。他們不能吵醒她們，不能碰觸她們，更不准有非分之想，重點在於享受欣賞她們睡覺的喜悅。這一晚，我看著美人睡覺，不但能理解那些老人的風雅舉止，也徹徹底底體驗了一番。

「有誰會相信，」我喃喃自語，感覺心中的愛被香檳撩撥。「我竟會在這個時候當日本老人。」

我想我終究不敵香檳和電影無聲的光影，睡了好幾個小時。當我醒來，只覺得頭痛欲裂。於是我起來上廁所。我後面的兩個位置上，躺著的是那位十一件行李箱的老婆婆，她睡得很熟，姿勢橫七豎八極為難看。她像是個死在戰場上遭到遺忘的屍體。她那副彩色珠鍊老花眼鏡掉在走廊中間的地板上，我故意不撿起來，享受微不足道的快感。

排出過量的香檳後，我相當訝異鏡中自己的形貌竟如此鄙俗醜陋，我對愛情的毀滅力是如此可怕大感吃驚。突然間，飛機下降又大幅拉升，接著往前繼續顛簸飛行。返回座位的指示燈亮起。我倉皇奔出，想著大概只有天主引起的湍流能喚醒美人，希望她會嚇得躲進我的懷抱。匆忙之間，我差點踩到荷蘭老婆婆的眼鏡，倘若真的踩到或許會相當開心。但是我回過頭撿了起來，放在她的膝上，突然很感謝她沒在我之前選走四號座位。

美人還是沒醒，她的睡意可真頑強。當飛機恢復平穩後，我得壓抑想用任何藉口搖醒她的衝動，因為旅程已經到了末尾，不管她是否會生氣，我唯一的願望是看見她醒著，如此，我才能恢復自由，或許還能重拾我的青春。但是我不能。「該死。」我鄙視自己，咒罵自己。「為什麼我不是金牛座！」當飛機即將降落的警示燈亮起，她自己醒了過來，她是如此美麗和動人，像是剛剛睡在玫瑰叢中。這一刻，我才發覺在飛機上醒來，會跟老夫老妻一樣不跟座位附近的人打招呼。她也不會。她摘下眼罩，睜開明亮的雙眸，調直座位，把毯子掀到旁邊，甩一甩頭髮，髮絲自然垂落恢復原本的髮型，她把化妝盒再一次放到膝上，很快地畫了一個淡妝，時間拿捏得剛剛好，連看我一眼的時間都沒有，艙門就打開了。這時她穿上猞猁毛皮外套，幾乎是從我身上跨過去，她用道地的拉丁美洲西班牙語說聲客套的抱歉，沒有道別就離開了，甚至沒感謝我是多麼努力讓彼此有個愉快的夜晚時光，接著她消失在今日紐約亞馬遜叢林的陽光之中。

一九八二年六月

賣夢女郎

ME ALQUILO PARA SOÑAR

早上九點，我們正在哈瓦那的里維埃拉旅館的露臺上吃早餐，一陣可怕的巨浪在晴空下撲來，將好幾輛經過防波堤大道或停在人行道上的汽車捲到半空，有一輛被鑲在旅館的側面門牆上。當時就像發生爆炸，恐懼的氛圍彌漫旅館的二十層樓，前廳的彩繪玻璃窗被震得粉碎。許多在等候廳的遊客和家具被拋到半空，有一些被玻璃碎粒割傷。想必那是一陣驚濤巨浪，不但橫越了防波堤的高牆和旅館之間的一條雙向大道，餘威還震碎彩繪玻璃。

樂天的古巴義工在消防隊的協助下，不到六個小時就收走所有殘骸，關閉面海大門，另外開放一扇門，一切恢復原本的秩序。整個早上沒有人理會鑲在牆壁上的汽車，大家以為那是其中一輛停在人行道上的汽車。但是，當怪手把車子從窟窿裡挖出來，才發現駕駛座上有個綁著安全帶的女人的屍體。那陣浪擊的力道太猛烈，女人身上沒有一根骨頭完好如初，她的五官毀壞，短靴縫線裂開，衣服撕得碎爛，手上戴著一枚綠寶石眼睛的蛇形金戒指。警方查出她是新上任葡萄牙大使的女管家，事實上，她十五天前才跟著大使夫婦來到哈瓦那，這天早上開著新汽車上市場。當我在報上讀到這則消息時，對她的名字沒有什麼印象，但是我對那枚綠寶石眼睛的蛇形戒指充滿好奇，猜不出戒指是戴在哪根手指上。

這是個關鍵線索，我怕她就是我一直忘不了但始終不知道真實姓名的女人，我知道的這個女人的右手食指上戴著一枚一樣的戒指，在當時更是難得一見。三十四年前，我在維也納一間拉丁美洲學生聚集的酒館認識她，當時我正在吃香腸和水煮馬鈴薯以及喝著桶裝啤酒。那天早上我剛從羅馬抵達，我依然記得當下對她的印象，那猶如女高音豐滿的胸脯，外套領子上死氣沉沉的狐狸尾巴，和那枚埃及蛇形戒指。我想她是木頭長桌邊唯一的奧地利人，因為她大氣不喘地講著一口基本的西班牙語，口音鏗鏘有力。但不是這樣，她出生於哥倫比亞，在兩次世界大戰期間來到奧地利學音樂和歌唱，當時還只是個小女孩。我認識她時，她大概三十歲，不過保養得並不好，她算不上漂亮，又提前衰老。不過她倒是個討人喜歡的人物。也是令人懼怕的角色。

當時的維也納還是個帝國時代的古老城市，因為夾在兩個不妥協的世界之間，在第二次世界大戰後變成黑市和國際間諜的天堂。我想像不出還有其他更適合這位逃難的同胞的地方，她只因為忠於自己的出身，繼續到這間街角的學生酒館吃飯，而其實憑她的財力，用現金買下整個酒館和裡面所有的食客也沒問題。她從沒說過她的真實姓名，我們知道的一直是維也納的拉丁美洲學生替她取的饒舌德文外號：芙烈達夫人。有人將我介紹給她認識，我立刻高興地以無禮的口吻問她是怎麼在這個世界安頓下來，畢竟這裡距離金迪奧多風的山區是那樣遙遠，而且截然不同，而她回了我一個不可思議的答案：

「我賣夢。」

事實上這是她唯一的職業。她來自古老的卡爾達斯一個富裕的商販家庭，家中有十一個孩子，她排行老三，她學會講話以後，就養成在屋子裡空腹說夢的習慣，因為在這個時間，夢裡的預兆依然鮮明。七歲那年，她夢見一個弟弟會被洪流沖走。她的母親相當迷信，因此禁止愛泡水的兒子去深谷。但是芙烈達夫人已經有一套解析預言的方法。

「夢的意思不是指他會淹死，」她說。「是不能吃糖果。」

這個解析聽起來像謊言，對一個五歲的小男孩來說，不吃禮拜天的糖果根本活不下去。母親相信女兒的預知本領，因此嚴格遵守她的警告。但是一個疏忽，小男孩偷吃一顆糖果球，結果噎著救不回來。

芙烈達夫人沒想到這個本領可以當作職業，直到她在維也納的日子陷入寒冬困境，被生活壓得無法呼吸。她敲下第一間她想要住的房屋，乞求一份工作，當對方問她能做什麼，她只是回答：「賣夢。」她跟屋子的女主人簡短解釋過後，便得到一份工作，薪水只能應付不大的開銷，但是她能住一個很好的房間，有三餐可吃。尤其是早餐，這時一家人會坐下來聽每個家庭成員即將到來的命運：父親是個高雅的地主；母親是個開朗的女人，熱愛浪漫主義室內樂；兩個孩子分別是十一歲和九歲。他們都信教，跟前人一樣迷信，因此他們高興地接納了芙烈達夫人，她唯一的工作是透過做夢解析一家人每天的命運。

她把這份工作做得很好，而且做了很多年，尤其是當現實世界比惡夢更加悲慘的戰爭期間。只有她能在早餐時間決定每個人當天該做什麼，該怎麼去做，最後她的預言甚至變成那棟屋子唯一的權威。她牢牢控制那一家人：即使是一聲輕嘆也得經過她的命令。我在維也納的那段時間，屋子的男主人剛過世不久，他在死前大方地贈予她部分的收租，唯一的條件是要她繼續替他的家人做夢，直到夢不到任何東西。

我在維也納待了一個多月，正在等一筆一直沒收到的錢，日子跟其他學生一樣過得很拮据。當時，只要慷慨的芙烈達夫人出其不意光顧小酒館，對我們來說都像在貧苦的日子歡度節慶。有一晚，就在開心喝啤酒時，她在我耳邊用一種不容置疑的口吻說了一句不能再耽擱的事。

「我來這裡只是要告訴你，我昨晚做了一個跟你有關的夢。」她對我說。「你應該要馬上離開維也納，五年內都別再回來。」

她的話充滿說服力，當晚我立刻搭上前往羅馬的最後一班火車。我深深相信這件事，自那時起便認為自己逃過從未知道的劫難。至今還未曾重返維也納。

哈瓦那的悲劇發生之前，我曾在巴塞隆納巧遇芙烈達夫人，那次相逢是如此意外和偶然，我覺得十分神秘。同一天聶魯達湊巧也在內戰後第一次踏上西班牙土地，他要前往瓦爾帕萊索，在漫長的海上旅程途經西班牙。他跟我們到古書店尋寶一整個早上，在波特書店買下一本裝訂破損和乾黃的古書，大約花掉他在仰光領事館工作的兩個月薪水。他像頭笨重的大象走在人群中，像個孩子對每樣東西的用途感到好奇，世界對他來說，是個可以創造出生命的巨大發條玩具。

他是我所遇過最接近文藝復興時期的教宗形象的人：不失優雅的老饕。儘管非他所願，他依舊是每次坐在餐桌主位的人。他的妻子瑪蒂德替他戴上圍兜，乍看之下他就像在理髮院而不是飯廳，但這是唯一能防止他弄得滿身醬汁的方法。他吃龍蝦的技術精湛，恍若外科醫生肢解了整整三大隻，同時視線橫掃每個人餐盤上的食物，每一盤吃一點，歡喜地將食慾感染給每一個人：加利西亞的蛤蠣，坎塔布連海的鵝頸藤壺，阿利坎特的海螯蝦，布拉瓦海岸的海參。同時，他又像法國人只談各地的精緻美食，尤其是他一直念念不忘的智利史前貝類。突然間他停止大吃，豎起他跟螯龍蝦觸角一樣的直覺，用非常低的聲音跟我說：

「後面有個人一直盯著我。」

我看向他的後面，果然沒錯。在他的背後的三張桌子距離，有個表情鎮定的女人，她戴著一頂過時的毛氈帽，圍著一條紫紅色圍巾，一邊慢慢地咀嚼，一邊緊盯著他。我立刻認出她是誰。她老了也胖了，但就是她沒錯，食指還戴著蛇形戒指。

她跟聶魯達夫婦搭乘同一艘從拿坡里啟程的船，可是他們在船上不曾碰面。我們邀她過來一起喝咖啡，我還慫恿她談談她的夢，讓詩人大開眼界。詩人沒理會，因為他從一開始就不相信夢的預言。

「只有詩能透視一切。」他說。

午餐後，照例到蘭布拉大道散步，我跟芙烈達夫人刻意走在後面，不想讓其他人聽到我們敘舊。她告訴我她賣掉在奧地利的產業，搬到葡萄牙的波多過著退休的生活，她描述她的房子是一棟坐落在丘陵上的城堡建築，從那兒可以遠眺整片綿延到美洲的海洋。她沒明說，可是從她的言談間，可以得知她靠著解析一個又一個夢，最後完全占有她從未透露身分的維也納老闆夫婦的財富。然而，我一點也不吃驚，因為我一直認為她的夢不過是討生活的功夫。於是我老實告訴她。

她忍不住哈哈大笑。「你還是老樣子，這麼大膽。」她對我說。她沒再多說什麼，因為聶魯達正在用智利黑話跟蘭布拉大道上的鸚鵡說話，其他人都停下腳步等著。當我們再聊時，芙烈達夫人卻改變話題。

「對了。」她對我說。「你可以回維也納了。」

就在這一刻，我發現我們已經認識十三年。

「即使妳的夢是假的，我也不會再回去。」我對她說。「以防萬一。」

下午三點，我們跟她道別，陪聶魯達去進行神聖的午覺。他到我們住處午睡，睡覺之前先進行幾個隆重的準備儀式，讓人想起日本的茶道。窗戶必須打開幾扇，關上幾扇，達到正確的室溫，同時在某個方向要有一定亮度的光線，以及全然的安靜。聶魯達一沾枕即刻睡著，然後出乎我們意料十分鐘後就甦醒，就跟小孩一樣。他精神抖擻出現在客廳，一邊臉頰印有枕頭的交織字母。

「我夢見那個做夢的女人。」他說。瑪蒂德想聽他說說是什麼夢。

「我夢見她夢見我。」他說。

「那是波赫士的夢吧。」我說。他失望地看了我一眼。

「他寫過了？」

「就算沒寫，也會寫出來。」我對他說。「那會是他的迷宮之一。」

下午六點，聶魯達登上船，跟我們道別，立刻就找了偏遠的桌位坐下來，他拿起通常用在他的書上題詞旁畫花朵、魚和鳥的綠色墨水鋼筆，寫下源源冒出的詩句。當輪船的第一聲提醒廣播響起，我們尋找芙烈達夫人，就在我們打算不告而別時，終於在觀光客甲板上發現她的蹤影。她也剛睡完午覺。

「我夢見了詩人。」她對我們說。我詫異極了，要求她告訴我是什麼夢。

「我夢見他夢見我。」她說，對我的詫異表情大感不解。「你怎麼了？我們做那麼多夢，難免會出現跟真實生活毫不相干的夢。」

自此之後，我不曾再見到她或探聽她的下落，直到我知道戴著蛇形戒指的女人在那場里維埃拉旅館的災難喪命。因此，幾個月後，當我在一次外交接待會上巧遇葡萄牙大使，忍不住向他探問起來。大使興致勃勃地談論她時，對她滿心佩服。「您可能無法想像她有多麼不可思議。」他對我說。「您一定會忍不住想寫有關她的故事。」然後他用同樣的口吻，鉅細靡遺地描述細節，可是沒有任何能讓我找到結論的線索。

「總之，」我終於說出真正想問的話。「她做什麼工作？」

「沒做什麼。」他說，「她會做夢。」

一九八〇年三月

「我只是來借個電話。」

«SÓLO VINE A HABLAR POR TELÉFONO»

春天一個下雨的午後，瑪莉亞·德拉露茲·塞萬提斯獨自開著租來的車前往巴塞隆納，就在路經莫內格羅斯沙漠時遇上車子拋錨。她是個二十七歲的墨西哥女郎，長得很美，個性認真，幾年前當過綜藝節目演員，還小有名聲。她嫁給一個秀場魔術師，這一天她拜訪完幾個住在薩拉戈薩的親戚後，正是要去跟他會合。她在暴雨中拚命地向飛快駛過的汽車和卡車求救，一個小時過後，總算有個開著破巴士的司機同情她。他告訴她車子不會開太遠。

「沒關係。」瑪莉亞說。「我只需要電話。」

沒錯，她只需要通知丈夫她沒辦法在晚上七點前趕回家。她淋成落湯雞，身上穿著一件學生外套和一雙四月穿的海灘鞋，她還在為倒楣遭遇驚慌失措，竟忘了拔走汽車的鑰匙。司機旁有個女人，看起來像軍人，但是散發甜美的氣質，她遞過來一條毛巾和一條毛毯，讓出旁邊一個空位給她。瑪莉亞大略擦乾身體，坐下來裹上毯子，她想點根菸，但是火柴淋溼了。身邊的女人借她火，並向她要一根剩下的少數沒溼的香菸。她們一起抽菸，瑪莉亞耐不住焦躁，她發洩的聲音還壓過了雨聲和巴士的喀啦聲。女人舉起食指壓住嘴唇，打斷她的話。

「她們睡著了。」她低聲說。

瑪莉亞轉過頭去，看見巴士載著幾個年紀不明和狀況不一的女人，她們跟她一樣裹著一條毯子，全都睡著。瑪莉亞感染了她們的安靜，在座位上蜷曲一團，跟著雨聲睡去。當她睜開眼睛時，天色已黑，暴雨減弱為冰冷的溼氣。她不知道自己睡了多久，也不知道自己在世界的哪個角落。她旁邊的女人一臉警覺。

「我們在哪裡？」瑪莉亞問。

「我們到了。」女人回答。

巴士開進一個石磚地庭院，裡頭有一棟陰森森的龐然建築，看似森林深處的古老修道院，四周圍繞著參天樹木。庭院點著一盞燈，車上的女乘客在黯淡的燈光下靜止不動，直到軍人樣貌的女人像是在幼兒園，用一連串簡單的命令要她們下車。她們全都上年紀，緩緩地走在昏暗的庭院，像是夢裡的幽影。瑪莉亞最後一個下車，她想她們可能都是修女。但又不太確定，因為她看見巴士門口有好幾個穿制服的女人接她們，拿毛毯蓋她們的頭以免淋溼，要她們排成一排，以有力的節奏擊掌指示她們，卻不跟她們說話。瑪莉亞跟坐在她身邊的女人道別，想把毯子還給她，但是對方要她拿毯子蓋住頭部走過庭院，在門房那裡歸還。

「這裡有電話嗎？」瑪莉亞問。

「當然有。」女人說。「裡面會有人告訴妳在哪裡。」

她又要了一根菸，瑪莉亞把淋溼的菸盒給她。「路上會乾。」她說。女人站在踏腳板上向她揮手說再見，然後幾乎是大喊地說：「祝妳好運。」巴士開走，沒多給她時間回答。

瑪莉亞奔向建築物入口。有個女守衛用力拍手想擋下她，可最後不得不加上一句大喊：「我說停下來！」瑪莉亞掀起毯子一瞧，迎上一雙冰冷的眼睛，看見對方舉起食指要求她排隊，不得違抗。她乖乖聽話。到了建築物的門廳，她離開隊伍問門房哪裡有電話。其中一名女守衛拍拍她的後背，要她歸隊，並用非常甜美的口吻說：

「美麗的小姐，走這邊，這邊有電話。」

瑪莉亞跟著其他女人沿著一條陰暗的走廊走到盡頭，進入一間集體宿舍，裡面有幾位女守衛向她們收回毯子，接著分配床鋪。瑪莉亞感覺其中有個女人似乎位階比較高，也比較有人情味，她拿著名單跟剛到的人逐一比對縫在她們胸衣上的名牌。當她來到瑪莉亞面前，很驚訝地發現她竟然沒有識別名牌。

「我只是來借個電話。」瑪莉亞跟她說。

她很快地解釋她的汽車在公路上拋錨。她的丈夫是專門在慶祝會表演的魔術師，他們今晚有三場表演，工作到午夜才會結束，他現在正在巴塞隆納等她，她想要通知丈夫來不及陪他一起表演。這時已經快七點。他再過十分鐘就要出門，她怕他會因為她遲遲未歸而取消所有表演。女守衛似乎相當仔細聽她說。

「妳叫什麼名字？」

瑪莉亞鬆了一口氣，說出她的名字，女人將名單檢查好幾遍，就是沒找到一樣的名字。她心生警覺，問了另一個女守衛，可是後者聳聳肩，無話可說。

「我只是來借個電話。」瑪莉亞說。

「好吧，親愛的。」女主管說，接著帶她到她的床位，她的動作太過溫柔，看起來虛假而不真實。「如果妳乖乖聽話，明天想打電話給誰都可以。但是現在不行，要等到明天。」

這時瑪莉亞的腦海閃過一個想法，於是明白巴士上的女人的動作為什麼像是在水族缸裡。她們那麼安靜，其實是注射鎮靜劑，而這座黑影幢幢的宮殿、方石厚牆和冰冷的樓梯，其實是一間收容精神病患的醫院。她驚慌不已，拔腿逃出宿舍，但還來不及抵達大門邊，一位穿著連身工作服的魁梧女守衛一把抓住她，以無敵的擒拿術將她制伏在地。瑪莉亞嚇得動彈不得，斜眼看她。

「看在天主的分上，」她說。「我以我死去的母親發誓，我只是來借個電話而已。」

瑪莉亞只消看到她的臉，就明白任何哀求都無法打動這個穿連身工作服的女瘋子，而她因為力大無窮有個女力士的封號。她負責所有棘手病患，那隻北極熊般強壯的手臂很容易失手殺人，還曾因此勒死兩個女病患。第一個病患以證實是意外事件收場；第二個就沒那麼簡單，女力士遭到懲戒，和警告下一次就會深入調查。聽說她是出身某個名門望族的家族之恥，曾在西班牙的好幾間療養院工作，都發生過不明不白的意外事件。

第一晚，她們給瑪莉亞注射安眠藥睡覺。天亮前，她犯了菸癮醒來，發現手腕跟腳踝被綁在床鋪的棒條上。她尖聲呼叫，但是沒人理會。到了早上，當她在巴塞隆納的丈夫遍尋不著她的下落，她卻深陷悲慘的困境而不省人事，療養院的人不得不把她送到醫療室。

她不知道自己過了多久才甦醒。但這時她覺得世界充滿愛，她的床前有位高大的老人，他踮腳走路，帶著安撫人的笑容，兩招厲害的催眠術就讓她重新找回活著的幸福感。他是這間療養院的院長。

瑪莉亞沒說什麼，甚至沒打招呼，只是先跟他要根菸。他遞給她一根點燃的菸，和一整包幾乎全滿的菸，瑪莉亞不禁哽咽出聲。

「趁現在想哭盡量哭。」醫生用催眠的口吻對她說。「眼淚是最佳良藥。」

瑪莉亞放下羞恥盡情發洩，即使是跟逢場作戲的情人在歡愛過後感到心情煩悶，她也不曾這麼做到。醫生一邊聽她說，一邊用手指整理她的頭髮，替她整理枕頭讓她呼吸順暢，以一種她做夢都不曾想過的智慧和溫柔，引導她走出不安的迷宮。真是不可思議，這是她這輩子第一次感覺有個男人了解她，全心全意聽她傾訴，不求跟她上床做為回報。她發洩了漫長的一個小時，完畢之後，便跟他要求打電話給丈夫。

這時醫生重新拿出他的位階的權威。「還不行，女王。」他對她說，並用一種她從未感受過的溫柔輕拍她的臉頰。「一切都有它的時序。」他站在門口，像個主教對她祝福，自此消失無蹤。

「相信我。」臨走前他對她說。

這天下午，他們把瑪莉亞編入住院名單，附上一組病歷號碼，和幾句對她的背景和身分之謎的輕描淡寫。院長在一旁空白處親筆註記診斷：躁鬱。

正如瑪莉亞預測，她的丈夫多等了半個小時後，離開他們在奧爾塔街區的公寓，打算完成三場表演。他們的婚姻生活很自由，但這是結婚近兩年來，她第一次沒準時到家，他猜測她的晚歸應該是遇上週末肆虐外省的暴雨。出門前，他在門上釘上字條，交代晚上的表演行程。

在第一場慶祝會上，所有的小孩都扮成袋鼠，他少了她當助手，只得放棄精采的隱形魚魔術表演。第二場表演是在一個坐輪椅的九十三歲老婆婆家中，她相當自豪三十年來的生日都邀請不同的魔術師來表演。他很氣瑪莉亞遲到，連最簡單的魔術都無法好好專心表演。第三個工作是每晚在蘭布拉大道的音樂咖啡館，他懶洋洋地表演給一群不相信魔術，所以不信親眼所見的法國觀光客觀看。每場表演結束，他都打電話回家，希望瑪莉亞會接電話，但不抱太大幻想。到了最後一場表演，他再也忍不住擔心她可能發生什麼意外。

回家途中，他開著改造成表演用的小卡車經過格拉西亞大道，在路旁的棕櫚樹看見絢爛春光，他悲傷想著失去瑪莉亞，這座城市會變成什麼樣貌，不禁身體發抖。當他發現字條還在門上，最後一絲希望破滅。他太過生氣，還因此忘記餵貓。

現在寫這個故事，我才發現我不知道他的真實姓名，在巴塞隆納我們只知道他的藝名：魔術師沙度諾。他個性古怪，社交能力無可救藥笨拙，但是瑪莉亞擁有他欠缺的圓滑和風趣。是她牽著他的手走進這個充滿神秘的社區，在這裡沒有人會在大半夜打電話詢問妻子的下落。沙度諾剛搬來時曾這麼做，如今他不願回想那段過往。因此，這一晚他僅僅打電話到薩拉戈薩，一個半夢半醒的老祖母完全沒發現什麼不對，只是回答他瑪莉亞吃完午飯後就離開。他只在天亮時睡了一個小時。他迷迷糊糊，夢見瑪莉亞穿著一件血跡斑斑的破新娘禮服，他驚醒過來，相信她又再次丟下他，這一次一去不回，丟下他在沒有她的茫茫世界。

包括他在內，五年來她一共拋棄三個男人。當他們認識六個月，還在墨西哥城安祖列斯殖民地的傭人房愛得欲仙欲死，她竟然就拋下他。就在經歷一晚不可告人的性虐待之後，有一天早上瑪莉亞消失無蹤。她留下所有她的物品，包括前一段婚姻的婚戒和一封信，告知她無法忍受他們這段愚蠢的愛情。沙度諾想，她應該是回到第一任丈夫身邊，她跟她的前夫是中學同學，還未成年就偷偷嫁給他。過了兩年沒有愛情的日子，她拋棄他，跟別的男人跑了。但他錯了：她回到父母親身邊，於是沙度諾不惜任何代價也要把她找回來。他苦苦哀求她，願意答應任何條件，向她許下超出他的決心所能完成的承諾，但失敗了，因為她心意已決。「愛情有短暫的和長久的。」她對他說。最後她毫不留情地裁決：「我們這一段是短暫的。」他見她如此認真，只得死心。然而，過了將近一年遺忘她的日子，諸聖節那天凌晨，當他回到孤零零居住的房間，卻發現她躺睡在客廳的沙發上，頭戴橘子花頭冠和一身處女新娘的曳地拖尾裙襬新娘禮服。

瑪莉亞老實地告訴他經過。她新的新郎官是個鰥夫，沒有孩子，生活安穩踏實，他想舉行天主教婚禮結一個白頭到老的姻緣，最後卻丟下她穿著新娘禮服在聖壇前枯等他。她的父母決定硬著頭皮舉辦完慶祝會。她陪著他們玩。她跳舞，跟流浪樂團唱歌，喝得爛醉如泥，最後懷著遲來的滿心愧疚，大半夜去找沙度諾。

他不在家，不過她在走廊上的花盆裡找到他們一向藏在那裡的鑰匙。這一次是她無條件向他投降。「但是能維持多久？」他問她。她引用費尼希斯．迪摩拉斯的詩句回答：「進行式的愛情是永恆的。」經過兩年，他們的愛情還維持永恆。

瑪莉亞似乎成熟了。她放棄她的演員夢，把重心放在他身上，不論是在工作上還是在床上。前一年年底，他們到法國佩皮尼昂參加魔術師大會，回程途中認識了巴塞隆納。他們太喜歡這裡，因此待了八個月，又因為在這個城市很自在，最後在加泰隆尼亞氣息相當濃厚的奧爾塔街區買下一戶公寓，環境吵鬧，沒有門房，但是空間給五個小孩住都綽綽有餘。他們過著幸福快樂的日子，直到週末她租了一輛汽車去探訪她在薩拉戈薩的親戚，向他保證會在禮拜一晚上七點回家。到了禮拜四天亮，卻還不見她的蹤影。

禮拜一那天，瑪莉亞租用的汽車的保險公司打電話到家裡找人。「我什麼都不知道。」沙度諾說。「要找人，去薩拉戈薩。」他掛掉電話。一個禮拜過後，有個警察上門告知他們在加地茲附近的一條小路上，找到只剩下骨架的汽車——距離瑪莉亞棄置車子的地點有九百公里遠。警察想問他知不知道車子被偷的詳情。沙度諾正在餵貓吃飯，他連瞧也沒多瞧他一眼，就直接告訴他別浪費時間，因為他的妻子私奔，他不知道是跟誰，也不知道去了哪裡。他的語氣太過真實，警察聽了感到不自在，為問題向他道歉。這個案子宣布結案。

他們曾接受羅莎．雷各斯邀約前往卡達克斯搭船出遊，他懷疑瑪莉亞再次拋棄他，可能是去參加那裡的花復活節。當時是佛朗哥獨裁時代末期，我們在神聖左派文化運動的馬里汀酒吧，裡面人多又嘈雜，我們圍著一張鐵皮桌椅，明明只能勉強擠六個人，卻硬坐了二十個人。瑪莉亞抽完那天的第二包菸，火柴剛好用完，這時有一隻瘦乾的手越過桌邊吵鬧的人群替她點菸，那隻手戴著羅馬青銅手鐲，皮膚長著頗有陽剛氣息的細毛。她謝過他，沒抬頭看是誰，但是魔術師沙度諾倒是將他瞧得一清二楚。那是個骨瘦如柴的毛頭小夥子，皮膚跟死人一樣蒼白，留著垂到腰部的烏黑馬尾。酒吧的玻璃幾乎難以抵擋春天的猛烈北風，他卻穿著一種類似睡衣的粗棉布外出服，腳踩一雙草編鞋。

他們到了秋天快結束，才又在巴塞隆內塔區的一間旅館海鮮餐廳見到他，他穿著同樣那套印花粗棉布衣服，這次綁著長辮子而不是馬尾。他像是遇見老朋友，向他們倆打招呼，從他吻瑪莉亞臉頰的模樣和她回吻的樣子，沙度諾突然懷疑他們曾私下見面。幾天過後，他湊巧在電話號碼簿發現瑪莉亞記下的一個新名字和住址，不禁妒火中燒，猜到了那是誰。壓倒他的最後一根稻草是得知這位入侵者大概的身世背景：他二十二歲，父母有錢，是家中獨子，是時尚櫥窗設計師，有雙性戀的輕浮名聲，在已婚女士之間建立了頗響亮的情人名氣。但是他忍氣吞聲，一直到瑪莉亞沒回家的那晚。之後他每天打電話給他，一開始每兩三個小時打一次，從早上六點到隔天凌晨，後來每次看到電話就打。只要沒人接電話，他的痛苦就會加深。

到了第四天，接電話的人變成一個只是在那裡打掃的安達魯西亞女人。

「少爺不在家。」她說，那含糊的語氣簡直快逼瘋他。沙度諾忍不住問她，瑪莉亞小姐是不是在那邊。

「這裡沒有什麼叫瑪莉亞的人。」女人對他說。「少爺單身。」

「我知道。」他對她說。「她沒住那裡，但偶爾會去，對不對？」

女人氣得跳腳。

「你到底是誰？」

沙度諾掛斷電話。在他看來，女人的否認更肯定他的猜測是鐵錚錚的事實。他失控了。接下來幾天，他按照字母姓名排列，打電話給所有在巴塞隆納認識的人。沒有人能給他線索，但每通電話都加深他的不幸，因為神聖左派文化運動的夜貓子夥伴都知道他打翻醋缸，總回以讓他痛苦的玩笑。這時，他才明白自己在這座美麗、瘋狂和難以摸透的城市有多麼孤單，他在這裡永遠不可能快樂。凌晨時分他餵完貓，硬下心來不讓自己心碎，下定決心忘掉瑪莉亞。

兩個月過去了，瑪莉亞依然無法適應療養院的生活。她苟延殘喘活著，每天在陰森的中世紀飯廳裡，一邊用拴在粗木桌上的餐具勉強吃點院裡的牢飯，一邊盯著牆上那幅佛朗哥將軍的印刷相片。起先，她不願遵從規定的祈禱時刻，抗拒愚蠢的早禱、讚禱，晚禱，和其他占去大多數時間的宗教日課。她拒絕到庭院放風打球，或像其他住院病患興致勃勃參加塑膠花工作坊。但是到了第三個禮拜，她逐漸融入住院生活。總之，醫生說所有病患一開始都是這樣，遲早都會加入這個大團體。

剛開始幾天沒菸可抽，她從一個女守衛那裡以高價買菸解決，但是僅有的一點錢花光後，她又開始飽受菸癮折磨。後來她靠著一些女病患從垃圾堆撿來的菸蒂製成報紙捲菸過癮，因為她的菸癮已經跟打電話的渴求一樣強烈。後來她靠著製作塑膠花賺來的一點錢，總算稍微解點癮。

最難熬的是夜裡感到寂寞。許多病患都跟她一樣，在昏暗中醒著，卻什麼事都不敢做，因為夜間女守衛也在鎖上後又加上大鎖的大門邊醒著。然而，有一晚瑪莉亞悲從中來，她用隔壁床鋪同伴聽得到的聲音說：

「我們在哪裡？」

隔壁鄰居用清晰而低沉的聲音回答：

「在地獄深處。」

「他們說這裡是摩爾人的領土。」遠處傳來另一個聲音，在宿舍裡迴盪。「這應該是真的，因為每到夏天，月亮高掛，就能聽見狗對著大海吠叫。」

鐵環的鍊子響起，乍聽像大帆船的船錨，大門打開了。在這死寂籠罩的片刻，守門人似乎變成唯一的活人，開始走向宿舍的另外一頭。瑪莉亞心驚膽跳，只有她知道為什麼。

她進療養院的第一個禮拜，夜間女守衛就直截了當邀她到守衛室跟她睡覺。她一開始是用商量的語氣：拿愛情交換香菸、巧克力，或任何東西都可以。「妳想要什麼就有什麼。」她顫抖地說。「妳可以當女王。」瑪莉亞拒絕後，女守衛改用其他辦法。她在她的枕頭下、睡袍口袋，或意想不到的地方留下示愛的小紙條。內容淨是些連石頭都為之動容的沉重悲痛。在宿舍發生這一晚的小插曲時，她似乎已接受追求失敗一個多月。

女守衛等到確定所有的病患都睡了，便走近瑪莉亞的床邊，在她的耳邊呢喃各種下流的甜言軟語，她親吻她的臉，她怕得繃緊的脖子，她僵硬的雙臂，她嚇軟的雙腳。最後，或許她以為瑪莉亞享受其中，不是嚇得動彈不得，於是大膽更進一步。這時瑪莉亞用手背用力打她，害她撞上隔壁床鋪，所有女病患亂成一團，女守衛在一片混亂之中氣呼呼地站起來。

「狗娘養的。」她咆哮。「就讓我們一起爛在這個豬圈，直到妳瘋狂愛上我。」

夏天在六月的第一個禮拜天不知不覺到來，院內得採取緊急措施，因為女病患紛紛在望彌撒時，熱得脫下粗棉布長袍。瑪莉亞打趣地看著女守衛像慌張的母雞在正廳追著脫得光溜溜的女病患跑。她夾在一片混亂中，試著避開失控飛來的拳頭，不知怎麼的，竟然跑到一間空蕩的辦公室，裡面的電話哀求似地響個不停。瑪莉亞不加思索接起電話，聽見一個彷彿遠處傳來的聲音，笑著模仿電話報時：

「現在是四十五點九十二分一百零七秒。」

「笨蛋。」瑪莉亞說。

她掛上電話，覺得很有趣。就要離開時，她發現自己正讓一個千載難逢的機會溜走。於是她撥打六個數字，又急又緊張，不確定撥的是不是家裡的電話。她等待著，心怦怦狂跳，她聽見熟悉的鈴聲，那巴望聽見的節奏是如此悲傷，一聲，兩聲，三聲，終於她聽見摯愛的男人在沒有她的家傳來的聲音。

「哈囉？」

她得等待一下，讓梗住喉嚨的淚水散去。

「我親愛的小白兔。」她嘆口氣。

眼淚還是不爭氣地淌下。電話的另外一頭只有令人駭人的短暫靜默，那燃燒妒火的聲音吐出了一句話：

「賤人！」

然後他猛然掛斷電話。

這一晚，瑪莉亞怒氣攻心，扯下飯廳大元帥的版畫像，使勁丟向花園的彩繪玻璃，然後全身鮮血倒下。她餘怒未消，甚至還有力氣跟試著阻擋她的女守衛拳腳相向，後者束手無策，直到她看見女大力士出現在大門口，雙臂環胸盯著她看。她投降了。然而，她們把她拖到專門關兇暴瘋子的牢房，拿水管噴她冰水，在她的雙腿注射松節油。瑪莉亞雙腳發炎無法走路，她發現她願意幹任何事來逃離這個地獄。一個禮拜後她回到宿舍，半夜下床，躡手躡腳走到夜間女守衛的單人房敲門。

瑪莉亞要求的代價是送個訊息給她的丈夫。女守衛答應了，但這個交易要絕對保密。她舉起手指無情地指著她。

「要是傳開來，妳就完了。」

就這樣，隔一個禮拜六，魔術師沙度諾開著馬戲團卡車，準備迎接瑪莉亞的歸來。院長在如同戰艦乾淨又整齊的辦公室親自接待他，親切地向他報告有關他的妻子的近況。沒有人知道她是從哪裡來的，怎麼來的，以及何時來的，她的第一份資料是他親自面談和填寫的正式入院紀錄。那天之後曾經做過調查，不過沒有結果。總之，院長好奇的是沙度諾怎麼會知道妻子的下落。沙度諾搬出保護女守衛的講法。

「是汽車保險公司通知我的。」他說。

院長滿意地點點頭。「我不知道保險公司這麼神通廣大。」他說。他瞥了一眼擺在他那樸素的辦公桌上的檔案，做出結論：

「唯一確定的是，她的狀況相當嚴重。」

他可以准許魔術師沙度諾探訪妻子，但要採取該有的預防措施，而且為了他的妻子著想，要他保證一舉一動都按照他的指示。尤其是對待她的方式，要避免她再一次陷入越來越頻繁和一次比一次危險的歇斯底里。

「真奇怪。」沙度諾說。「她的個性是剛烈了點，可是很能控制自己。」

醫生表現出一副專家模樣。「有些行為會潛伏很多年，然後有一天突然爆發。」他說。「總之，她能來到這裡很幸運，因為我們都是治療需用鐵腕的病患的專家。」最後，他警告瑪莉亞對電話有特殊癖好。

「聽她的話。」他說。

「請放心，醫生。」沙度諾愉快地說。「這是我的專長。」

訪客廳像監獄又像懺悔室，過去是修道院的會客室。沙度諾的出現並沒有如兩人預期那樣出現歡喜若狂的畫面。瑪莉亞站在廳堂中央，一旁有一張小桌子和兩張椅子，桌上擺著一個沒有插花的花瓶。她穿著一件難看的草莓紅外套，踩著一雙接受施捨而來的骯髒鞋子，顯然已經準備好要離開這裡。女大力士雙臂環胸，幾乎隱身在角落。瑪莉亞看見丈夫進來，沒有任何動作，那張還布滿彩繪玻璃割痕的臉，也沒流露任何情緒。他們給彼此一個問候的吻。

「妳還好嗎？」他問她。

「很高興你終於來了，小白兔。」她說。「我簡直是死裡走一遭。」

他們沒有時間坐下來。瑪莉亞涕淚縱橫，向他哭訴囚禁在這裡的悲慘日子，女守衛的野蠻行徑，跟給狗吃沒兩樣的伙食，怕得無法闔眼的漫漫長夜。

「我不知道自己在這裡待了多久，是幾個月還是幾年，但是我知道日子一天比一天難過。」她說，並發出來自靈魂深處的哀嘆。「我想我再也不是原來的自己了。」

「這些已經過去。」他說，伸出指腹輕撫她臉上最近的傷痕。「如果院長准許的話，我會每個禮拜六都來看妳。妳看著，一切會順利的。」

她睜著驚恐的眼睛瞪著他。沙度諾試著使出他的表演術。他用撒大謊的天真語氣告訴她美化過後的醫生診斷：「總而言之，」他下結論。「妳還需要待幾天才能完全康復。」瑪莉亞恍然大悟。

「老天哪，小白兔。」她不敢置信地說。「難不成你也相信我瘋了！」

「別亂想！」他說，試著擠出微笑。「只是妳在這裡多待一點時間，對大家來說比較適合。當然，條件要好一點。」

「但是我已經跟你說過，我只是來借個電話！」瑪莉亞說。

他不知道該怎麼回應她這個可怕的特殊癖好。他瞥了女大力士一眼。後者趁機指著手錶對他表示探訪時間結束。瑪莉亞察覺他們在打信號，她回過頭，看見女大力士準備隨時要撲過來的樣子。於是她抱緊丈夫的脖子，像個真的瘋婆子尖叫。他盡可能溫柔地把她從身上拉開，把妻子交給從後面撲過來的女大力士。她沒給瑪莉亞反應的時間，左手箝制她，另一隻手牢牢地環住她的脖子，然後對魔術師沙度諾大吼：

「快走！」

沙度諾落荒而逃。

然而，隔一個禮拜六，當他從探訪的驚嚇中恢復過後，他把貓打扮得跟自己一樣，帶著牠回到療養院：紅黃色網孔連身衣，禮帽，一件似乎能飛的旋轉披風。他開著表演卡車進入療養院的庭院，舉辦一場快三個小時的精采表演，病患從陽臺欣賞，發出大小不一的尖叫聲和不合時宜的熱烈鼓掌。所有人都出現，除了瑪莉亞，她不只不想接受丈夫的探訪，連從陽臺看他也不願意。沙度諾感覺深深受到傷害。

「這是典型反應。」院長安慰他。「會好轉的。」

可是根本沒好轉。沙度諾多次試著再見瑪莉亞不成，也想盡辦法要她收信，但一切都是白費工夫。她原封不動退回四封信，沒有任何隻字片語。沙度諾放棄了，但他繼續送香菸到守衛室，只是不知道瑪莉亞是否收到，直到不得不接受事實。

他自此音訊渺茫，只知道他後來再婚回國去了。離開巴塞隆納前，他把餓得奄奄一息的貓留給一個逢場作戲的情人，這位情人還保證會繼續送菸給瑪莉亞。但她也消失了。羅莎．雷各斯記得大概十二年前在英格列斯百貨商場看過她，她頂著光頭，穿著一件某個東方教派的橘色長袍，挺著一個很大的孕肚。她跟羅莎說，她盡量繼續送菸給瑪莉亞，還曾幫她解決幾次突發的急事，直到有一天，她發現療養院只剩下一堆廢墟，就像那個不愉快時代的回憶化為塵土。最後一次見到瑪莉亞時，她覺得她的神智清醒，有點過胖，很滿意在療養院的寧靜生活。那一天，她也把貓帶去給瑪莉亞，因為沙度諾留給她養貓的錢已經花光。

一九七八年四月

八月的幽靈

ESPANTOS DE AGOSTO

我們到達阿雷佐時，已經快要正午，接著又花兩個多小時。尋找委內瑞拉作家米格爾．奧特羅．席爾瓦在托斯卡尼鄉間那個風光明媚的河流拐彎處買下的文藝復興時期城堡。這一天是八月初的一個禮拜日，天氣炎熱，人聲鼎沸，想在充滿觀光客的街道上找個人問事情，並不是那麼容易。我們問了幾次，卻都徒勞無功，最後我們回到車上，離開城市，駛向一條沒有路標的柏木小徑，遇到一個牧鵝老婦正確指出城堡坐落的位置。道別前，她問我們是不是打算在那裡過夜，我們按照事先想好的說法，回答只是要去吃午餐。

「那就好。」她說。「因為那棟屋子鬧鬼。」

我跟妻子根本不相信中午會鬧鬼，我們還取笑她迷信。但是我們兩個分別是九歲和七歲的孩子倒是很高興能見識一下鬼魂現身。

米格爾．奧特羅．席爾瓦不但是位優秀的作家，更是個豪爽的主人和講究品味的饕客，他替我們準備了一頓令人永遠難忘的午餐。由於晚到，我們沒有時間在餐桌坐下來之前，先認識城堡內部，但是從外觀看來一點也不陰森恐怖，我們在百花盛開的露臺上吃午餐，眺望整座城市的面貌，所有的不安全都消失。這個丘陵上布滿櫛次鱗比的屋舍，住著大約九萬人口，很難相信竟然誕生這麼多位不朽的天才。然而，米格爾．奧特羅．席爾瓦用他那加勒比海幽默的口吻告訴我們，這麼多的天才卻不包括阿雷佐最名聞遐邇的一個。

「最偉大的天才魯多維科。」他下結論。

就這樣而已，沒有姓氏：魯多維科，這位精通藝術和戰術的大師，打造了這座造成他的悲劇的城堡，米格爾在整頓午餐就跟我們談他。他談到他無邊的權力，他不幸的愛情，他駭人的死法。他描述他是如何在發狂的瞬間，刺死還躺在兩人剛翻雲覆雨完後床上的情人，然後讓兇惡的軍犬攻擊自己，將他咬得支離破碎。他非常嚴肅地向我們保證，魯多維科的鬼魂會在午夜過後遊盪在陰暗的城堡裡，試圖在愛情的煉獄找到平靜。

事實上，這座城堡相當遼闊和陰暗。但是在大白天，加上酒足飯飽和雀躍的心情，米格爾的故事，不過就像他拿來娛樂訪客的玩笑。午覺過後，我們逛遍八十二個房間，一點也不感覺害怕，只是每一間房間都看得到歷任主人留下的各種痕跡，米格爾把一樓全部重新整修過，蓋了一間大理石地板的現代風格臥室，包含三溫暖和運動設備，以及剛剛我們用餐的百花露臺。二樓是幾個世紀以來最常使用的樓層，有各種沒有特色的房間，裡頭棄置不同時代的家具。但在最高一層樓有一間保持原貌的房間，彷彿歲月不曾駐足。那就是魯多維科的臥房。

那一刻真是不可思議。床鋪就在那裡，掛著黃金絲線床幔，綴著華麗流蘇的床罩上面還留有那位香消玉殞的情人乾涸變硬的血跡。壁爐裡堆著冰冷的灰燼，最後一塊木材已經變成石頭，櫃子裡放著他仔細保養的武器，還有一幅出自一位佛羅倫斯大師之手的沉思紳士的人像金框油畫，當時的大師卻都沒能永垂不朽。然而，最讓我印象深刻的是臥房內瀰漫著新鮮的草莓香氣，根本找不到合理的解釋。

托斯卡尼的夏季白天十分漫長，到了晚上九點還看得到地平線。當我們將這座城堡徹底認識一遍，已經是下午五點多，但是米格爾堅持帶我們去看皮耶羅．德拉．弗朗西斯卡在聖方濟各聖殿留下的壁畫，然後我們在廣場的涼亭喝咖啡聊天，當我們回去拿行李時，晚餐已經上桌。所以我們留下來吃晚餐。

當我們吃晚餐時，紫紅色的天空只有一顆星子，孩子們在廚房裡點燃火把，上去漆黑的高樓層探險。我們在餐桌邊聽見他們爬上樓梯恍若野馬橫衝直撞的腳步聲，大門嘎吱的哀鳴聲，在一個個陰暗的房間內呼喚魯多維科的歡樂叫聲。於是他們想出留下來過夜的壞主意。米格爾．奧特羅．席爾瓦高興地支持他們，我們可沒勇氣回絕他。

我原先很擔心，但結果相反，我們一夜好眠，我跟妻子睡在一樓，我們的孩子睡在隔壁房間。兩個房間都經過現代整修，沒有一絲陰森的氛圍。當我還試著入睡時，我聽見客廳的擺鐘敲打擾人清夢的十二下鐘聲，於是我想起牧鵝老婦人驚悚的警告。可是我們太累了，很快就沉沉睡去，一覺到天亮，我醒來時已經是七點多，燦爛的太陽出現在爬著藤蔓的窗戶外。我的妻子還沒醒來，依然徜徉在寧靜的夢境。「我真蠢。」我對自己說。「都這個時代了，還相信什麼鬼魂。」就在這一刻，我聞到剛剛切開的新鮮草莓香味，嚇了一跳，我看見壁爐堆著冰冷的灰燼，最後一塊木材變成了石頭，那位悲傷的紳士正從三個世紀前的金框油畫中凝視我們。原來我們不是睡在前一晚的一樓臥室，而是在魯多維科的房間，頭頂是楣梁和布滿灰塵的床幔，身上蓋著他那張受詛咒的床鋪上還溼透溫熱鮮血的床單。

一九八〇年十月

瑪莉亞

MARÍA DOS PRAZERES

殯儀館的人來得太準時，瑪莉亞．多斯．普拉薩雷斯還穿著浴袍，滿頭髮捲，只來得及在耳朵插上一朵紅玫瑰，別讓自己看起來令人退避三舍。開門後，她更難過自己的邋遢，因為這位公證人是個靦腆的年輕人，可不是她印象中死亡服務業一身晦氣的商人，他身穿格紋夾克，打著一條彩鳥圖案的領帶。他沒穿大衣，儘管巴塞隆納的春天陰晴不定，下著被風吹偏的綿綿細雨，一向比冬天還難以令人忍受。瑪莉亞．多斯．普拉薩雷斯隨時都在接待男人，很少像這樣感到困窘。她剛滿七十六歲，相信自己會在聖誕前死去，儘管如此，她還是得關上門，叫喪禮服務業務員稍等一下，她要換上適當的服裝。但是她隨即想他會在陰暗的階梯平臺上凍僵，於是要他進門。

「不好意思，我竟然這副邋裡邋遢的模樣。」她說。「可是我已經在加泰隆尼亞待了超過五十年，這是第一次有人準時赴約。」

她講得一口流利的加泰隆尼亞語，純正的用語帶點古風，不過還是能聽出她遺忘許久的葡萄牙語歌唱般的語調。她年事已高，頂著一頭金屬髮捲，但還是能看出她是個身材苗條、活力充沛的黑白混血兒，她有著粗硬的頭髮，一雙兇狠的黃眼睛，早在許久以前就不再同情男人。這位業務員被街上的天光照得眼花，他沒回答什麼，只是在黃麻地墊上拭除鞋底，接著在她的手上印下一枚敬重的吻。

「您就像我那個時代的男人。」瑪莉亞・多斯・普拉薩雷斯發出清脆的笑聲。「請坐。」

他剛入這個行業，但很清楚在一大早八點不可能受到熱烈的接待，更何況對方是個無情的老婦人，第一眼看到還以為是從拉丁美洲逃來的瘋婆子。因此，他跟門口保持一步距離，不知道該說什麼好，這時瑪莉亞・多斯・普拉薩雷斯拉開窗戶厚重的絨毛窗簾。四月柔和的天光勉強照亮客廳，裡面一絲不苟的布置就像古董店的櫥窗。全部都是日常用品，數量不多也不少，每樣東西都擺在自然該在的位置上，這種品味獨一無二，即使是在像巴塞隆納這麼古老和充滿秘密的城市，也很難在其他有人服侍的屋子找到。

「對不起。」他說。「我搞錯住址。」

「希望如此。」她說。「但是死神不會搞錯。」

銷售員在飯廳的餐桌上攤開一張非常多摺頁的圖表，像是一張航海圖，上面有各種顏色的區塊，每一種顏色又有大量的十字記號和數字。瑪莉亞．多斯．普拉薩雷斯知道這是蒙特惠克山遼闊墓地的完整平面圖，於是她的心底升起一種非常古老的恐懼，記起十月暴雨中的瑪瑙斯墓園，巴西貘在無名墳塚和投機者的彩繪玻璃陵寢之間把水踩得嘩啦響。一天早上，她那時還非常小，淹水的亞馬遜雨林在天亮後變成令人作嘔的沼澤，她看見一具具破損的棺木漂在她家院子裡，裂縫露出死人身上的碎布或髮絲。這一幕是讓她放棄附近比較熟悉的聖杰爾瓦西奧小墓園，選擇在蒙特惠克安息的原因。

「我想要一個水淹不到的位置。」她說。

「那麼就選這裡。」銷售員說，並拿起一支像鋼筆放在口袋裡的伸縮指示棒，指著地圖上一角。「海水不會淹這麼高。」

她在彩色的圖表上辨識方向，找到主要入口，那兒有三座相鄰的無名墳墓，裡面躺的是在內戰期間死亡的布維納文托拉．杜魯蒂，和其他兩個無政府主義分子領袖。每晚都會有人在空白的墓碑上寫上名字。他們用鉛筆、油漆、炭筆、眉筆或者指甲油，整整齊齊地寫上每個字母，到了隔天早上，墓園管理員都會擦掉，不讓人知道是誰躺在啞聲的大理石碑底下。瑪莉亞．多斯．普拉薩雷斯曾參加杜魯蒂的葬禮，那是巴塞隆納一場前所未有最悲傷和混亂的葬禮，她想要葬在他的墳墓附近。可是那塊墓地太過擁擠，她只能選擇盡可能較近的位置。「條件是，」她說。「不要把我排在那種五年期限的隔間墓位，那就像郵局的郵箱。」接著她猛然想起一個重要的要求，最後她說：

「最重要的是，我要躺著下葬。」

事實上，因為強烈促銷墓位預售，據傳業者為了節省空間，採直立式下葬。銷售員搬出他熟記而且講過多次的說詞，一字不差地解釋那是其他傳統殯儀館為了打擊墓位分期付款的新型促銷的謠言。當他解釋時，門板傳來輕輕的三聲敲門聲，他停頓下來不知所措。但瑪莉亞．多斯．普拉薩雷斯要他繼續說。

「不用擔心。」她把聲音壓得非常低。「那是諾伊。」

銷售員回到話題，瑪莉亞・多斯・普拉薩雷斯很滿意他的解釋。然而，在開門前，她希望將心中的想法做個最後的概述，這個想法從那場瑪瑙斯傳奇水災之後開始醞釀，多年之後終於成熟，連最小的細節也包括在內。

「我的意思是，」她說。「我想要找個可以安眠地底的地方，不能有淹水的風險，可能的話，最好夏天有樹蔭，不要過一段時間後把我挖出來丟到垃圾堆。」

她打開臨街大門，讓一隻被綿綿細雨淋溼的狗進門，那隻狗迷迷糊糊的模樣跟整間屋子格格不入。牠到附近晨間散步，剛回來，一進門突然激動不已。牠跳上桌子莫名其妙狂吠，沾滿泥巴的髒兮兮腳掌差點踩毀墓園的平面圖。女主人一個眼神足以讓牠冷靜下來。

「諾伊！從那裡下來！」她用加泰隆尼亞語對牠說，但不是用吼的。

小動物縮了縮身子，驚恐地看著她，幾顆晶瑩剔透的淚珠滾下嘴鼻。這時瑪莉亞・多斯・普拉薩雷斯的注意力回到銷售員身上，卻發現他一臉錯愕。

「嚇死人！」他驚呼。「牠會哭！」

「牠這麼激動，是發現有人在這個時間出現。」瑪莉亞．多斯．普拉薩雷斯低聲向他道歉。「牠平常進屋子比人類還小心。不過我認為你是例外。」

「但是牠哭了！媽的！」銷售員又說了一遍後，立刻發現用詞不妥，紅著臉道歉。「請您原諒。這是因為我在電影也沒看過這種事。」

「只要肯教，每隻狗都辦得到。」她說。「只是說，主人教的都是讓牠們痛苦的習慣，像是用盤子吃飯，或者定時解大小便，而且要在固定的地方。反而不教牠們喜歡而且自然的東西，像是笑跟哭。我們講到哪裡了？」

他們就快講完了。瑪莉亞．多斯．普拉薩雷斯不得不放棄夏天的樹蔭，因為墓園有涼蔭的位置只保留給政府官員。不過，瑪莉亞．多斯．普拉薩雷斯關心的是利用現金預付獲得折扣，所以不太在意合約的條件和規定。

等到談完，銷售員把文件放進公事包，才以專注的目光打量屋內，他見識到屋子的美和魔力的氛圍，不禁打個哆嗦。他再次看向瑪莉亞．多斯．普拉薩雷斯，彷彿第一次見到她。

「我能不能問一個唐突的問題？」他問。

她送他到門口。

「當然可以。」她對他說。「只要不是問年齡就好。」

「我有個怪癖，喜歡看人家裡的擺設來猜主人的職業，但是在這裡，我猜不出來。」他說。「您是從事哪一行的？」

瑪莉亞．多斯．普拉薩雷斯笑得半死，她回答：

「孩子，我是妓女。您看不出來嗎？」

「抱歉。」

「應該是我要道歉吧。」她說，然後拉住他的手臂，以免他撞到門。「小心點！把我好好埋葬前，千萬別撞破自己的頭。」

一關上門，她就抱起小狗，開始撫摸牠，這時附近幼兒園傳來童稚的合唱聲，她跟著一起唱，展現美妙的非洲歌喉。三個月前，她在夢中看見自己將死的預兆。從那之後，她感覺自己跟這個排解她的寂寞的小動物越來越親近。她萬分謹慎地處理死後物品的分配，和安排遺體的去向，她希望當死去那刻來臨，不要成為任何人的負擔。她在累積一筆財富後自動退休，雖是靠著一點一滴攢起來的財產，但也沒受過太多苦難折磨，她挑選高貴古老的恩典區做為最後的避風港，這個區從前是一座小鎮，但後來併入都市擴張的範圍。她買下一戶變成廢墟的夾樓層公寓，空氣總是瀰漫一股煙燻鯡魚的氣味，遭到硝石腐蝕的牆壁上還有著某次不光彩的戰役留下的彈痕。公寓沒有門房，儘管每一戶公寓都住滿，潮溼和陰暗的樓梯少了幾個臺階。瑪莉亞·多斯·普拉薩雷斯雇人整修浴室和廚房，選用愉悅顏色的壁紙裝飾牆壁，在窗戶裝上斜面玻璃和天鵝絨窗簾。最後，她搬來精緻的家具、衛浴用品和裝飾物品，和一箱箱絲綢與錦緞，都是法西斯主義分子在共和黨分子戰敗倉皇逃離後，從他們的住處搜刮而來的東西，她花了很多年，在秘密拍賣會上用低價慢慢地買下。她跟過去僅剩的連結，是跟卡多納公爵的友誼，他依然在每個月的最後一個禮拜五來探訪她，兩人共進晚餐，飯後溫吞吞地享受魚水之歡。但是這段從年輕時締結的友誼一直保密，因為謹慎起見，公爵會把印有紋章的汽車停在一段距離外，然後沿著暗處走到她的夾層公寓，這是為了保護她跟他自己的名譽。瑪莉亞·多斯·普拉薩雷斯不認識公寓大樓的任何一個人，除了住在對門的鄰居，他們是剛搬來的一對非常年輕的夫婦，有一個九歲的女兒。她覺得不可思議的是從未在樓梯上遇見任何人，這是真的。

然而，因為分配遺產，她看見自己遠比她以為的還要深深扎根在這個社區，還要像這些把含蓄當作民族榮耀的土生土長加泰隆尼亞人。她連最沒價值的小東西，都一一分給最得她的心的人，他們都是住在最靠近她家的鄰居。最後她感覺自己並非那麼公平，然而她確定她記得不該分給哪些人。她以相當嚴謹的態度準備一切，當自豪見過各種世面的樹木街公證人看見她竟然能對著抄寫員，以中世紀的加泰隆尼亞語口述腦海中鉅細靡遺的財產分配清單時，根本不敢相信自己的眼睛，包括每樣東西的精確名字和完整的繼承人姓名跟他們的職業和住址，以及他們在她心中的位置。

殯儀館銷售員拜訪過後，她開始跟許多人一樣在禮拜天上墓園。她和附近其他墳墓的主人都在花盆種植四季花卉，替剛長出的草皮澆水，拿園藝剪刀修得跟市政府的地毯一樣整齊，最後她變得如此熟悉這個地方，不明白為什麼一開始會覺得這裡孤寂淒涼。

她第一次去的時候，在柱廊旁看見那三個空白的墳墓，心彷彿要跳出胸腔，可是她沒停下腳步來看，因為離她幾步遠的距離，有個睜大眼睛的管理員。但是到了第三個禮拜天，她逮住疏忽的機會實現她最偉大的夢想之一，拿起口紅在第一面雨水洗過的墓碑上寫上杜魯蒂。從此她只要抓到機會就再寫，有時只寫一個墳墓，有時兩個或三個，寫的時候手一向很穩，但是內心卻充滿紛亂的愁緒。

九月底的一個禮拜天，她親眼目睹丘陵上的第一場葬禮。三個禮拜過後一個寒風颯颯的下午，有個新婚少婦下葬在她的墳墓旁。到了年底，七塊墓地都已經葬人，而冬天一晃眼就消逝，她卻沒感覺什麼異樣。她不覺得不舒服，當天氣逐漸回暖，蓬勃的生氣從敞開的窗戶傾瀉而入，她更加精神抖擻，躲過夢中神秘的預兆活下去。卡多納公爵在天氣最熱的幾個月份到山裡避暑，回來後驚訝發現她更加美麗動人，甚至更勝五十歲依然年輕的時候。

瑪莉亞．多斯．普拉薩雷斯訓練諾伊認墓，幾次失敗後，終於成功讓小狗在廣闊的丘陵上一模一樣的墳墓間認出哪個是她的墓。接著她鍥而不捨地教牠在空墓穴前掉淚，希望牠養成在她死後依然會到墳前哭泣的習慣。她好幾次帶著牠從家裡走到墓園，對牠指出路標，讓牠記住蘭布拉大道公車的路線，等到她覺得牠已經熟練，就派牠一個人去。

最後一次排練的那個禮拜天下午三點，她脫下牠的春天背心，一方面是因為夏天就要來臨，另一方面避免引人注目，然後就讓牠獨自上路。她看著牠翹高臀部流露悲傷，用力搖晃尾巴，踩著輕快的腳步沿著林蔭遮蔽的人行道遠去，她費了好大的勁兒忍著哭泣的衝動，為自己和牠，為共同做夢的苦澀歲月，直到牠繞過五月街的街角。十五分鐘後，她爬上附近雷色普廣場的蘭布拉大道的公車，試著躲在車窗看牠而不被看到，事實上她看見牠遠遠的身影混在一群禮拜天出門的孩子之間，表情是那樣認真，等待格拉西亞大道的行人紅綠燈轉換。

「老天。」她嘆口氣。「牠看起來好孤單。」

她在蒙特惠克山的大太陽底下，等牠等了幾乎兩個小時。她跟好幾個在不太記得是哪些禮拜天遇過的悲傷家屬打招呼，她對他們印象不深，因為從第一次見到他們起已經過了很久，他們沒穿喪服也沒哭泣，只是把鮮花放在墳前，已不再思念過世的親人。不久，當所有人都離去，她聽見一聲驚動海鷗的悲悽低吼，看見無邊無際的海上有一艘插著巴西國旗的白色輪船，內心由衷希望有人捎來一封來自伯南布科監獄某個願意為她而死的人的信。五點過後，諾伊提早十二分鐘抵達丘陵，牠又累又熱，滴著口水，但是像個勝利的孩子得意洋洋。在這一刻，瑪莉亞．多斯．普拉薩雷斯不再害怕沒有人到她的墳前哭泣。

秋天來臨時，她開始發現一些無法解析的不祥徵兆。心情轉而沉重。她穿上狐狸尾巴領子大衣和一頂再次流行的古老人造花綴飾帽子，回到時間廣場金黃色的相思樹下喝咖啡。她的直覺變得更加敏銳。她為了紓解心頭不安，細細聆聽蘭布拉大道上鳥販的閒聊，書攤男人的低聲交談——這麼多年他們第一次談的不是足球，以及戰爭殘障老兵丟麵包屑餵鴿子的無法根除的惡習，她到處看到明確的死亡徵兆。聖誕節時，相思樹之間亮起彩色燈泡，樂聲飄揚，陽臺傳來喜悅的歡呼，一群和我們的命運毫不相干的外來觀光客侵入露天咖啡座，但是在一片節慶氛圍中，她感覺到跟當年無政府主義分子霸占街頭時同樣的壓抑的緊張氣氛。瑪莉亞·多斯·普拉薩雷斯曾經歷那個時代的熱血沸騰，無法控制她的不安，她第一次因為恐懼的利爪襲來從睡夢驚醒。有一天晚上，曾有國家安全探員就在她窗前開槍射殺一個拿著刷子在牆壁上寫字的學生：自由加泰隆尼亞萬歲！

「老天哪！」她嚇得喃喃自語。「好像一切將會跟著我死去。」

她只曾嘗過那麼一次類似的不安，當時她還非常小，住在瑪瑙斯，就在破曉前幾分鐘，萬籟俱寂，水停止流動，時間躊躇不前，亞馬遜雨林籠罩在恍若深淵的靜寂中，只有死亡的無聲能夠比擬。儘管逃不開這種緊張，四月的最後一個禮拜五依舊到來，這一天卡多納公爵照例來她家共進晚餐。

公爵的拜訪早已是一種習慣。他會在晚上七點到九點之間準時抵達，手中抱著一瓶為避人耳目而用晚報包住的國產香檳，此外還有一盒松露夾心巧克力。瑪莉亞·多斯·普拉薩雷斯準備他那一代的加泰隆尼亞貴族最愛的焗烤義大利麵卷和肉汁嫩雞，和一盤當季的什錦水果。她做菜時，公爵聆聽留聲機，欣賞幾段舊時版本的義大利歌劇，拿著小杯子慢慢啜飲波特酒，直到聽完唱片。

他們會一邊吃晚餐，一邊好好聊上許久，之後憑弔著過往回憶來歡愛，但只剩餘溫的激情留給他們的是慘不忍睹的苦澀。接近午夜時，公爵往往如坐針氈，臨走前，他會在臥房的菸灰缸底下留下二十五塊比塞塔，這是公爵在平行線大道一間夜度旅館認識瑪莉亞・多斯・普拉薩雷斯時她收的價碼，也是唯一逃過時間摧殘還完整如初的東西。

他們都從未問過自己，兩人的友誼是基於什麼發展。瑪莉亞・多斯・普拉薩雷斯欠他一些簡單的人情。他給她恰當的建議，讓她學會好好管理存款，教她分辨她手上那些文物的真正價值，該怎麼持有才不會被發現是贓物。但最重要的是他指引她一條路，當待了一輩子的妓院嫌她皮囊老舊、不合現代的口味，要她去違法的退休妓女之家教少男做愛掙五塊錢比塞塔之後，她能在恩典區過著體面的晚年生活。她曾告訴公爵，她是在十四歲那年被母親在瑪瑙斯港口賣掉，一艘土耳其船的大副在穿越大西洋的旅途中無情蹂躪她，最後把她丟在平行線大道上的一片燈海中自生自滅，身上沒有半毛錢，語言不通，失去姓名。兩人都知道彼此共通點很少，因此在一起時比任何時刻還要寂寞，但他們都不敢戳壞兩人譜成的習慣。直到遇到震撼全國的事件，他們才同時發現這麼多年來，是懷著多麼深的柔情憎恨彼此。

這是一次引爆點。公爵當時正在聽《波希米亞人》由莉西亞・奧爾巴內斯和貝尼亞米諾・吉利唱的愛情二重唱，突然間他聽到瑪莉亞・多斯・普拉薩雷斯在廚房收聽的收音機傳來新聞報導。他躡手躡腳靠近廚房，跟著聽新聞。西班牙的萬年獨裁領袖佛朗哥將軍裁定了三名巴斯克分離主義分子的最後命運，判他們死刑。公爵吐出鬆了一口氣的嘆息。

「那麼他們一定會遭槍決。」他說。「元首是個正義之士。」

瑪莉亞・多斯・普拉薩雷斯睜著一雙燃燒熊熊怒火的眼睛，恍若眼鏡蛇王般盯著他看，看見那金框眼鏡後面的無情眼睛，猛禽的尖嘴，那雙性喜淫氣和黑暗的動物醜惡的手。他的真面目。

「那麼你最好向天主乞求不要發生。」她說。「否則他們每槍斃一個，我就在你的湯裡下一次毒。」

公爵嚇了一跳。

「為什麼？」

「因為我也是個正義妓女。」

卡多納公爵再也沒上門，瑪莉亞・多斯・普拉薩雷斯相信人生最後的例行作息已結束。事實上，她還為了不久前在公車上被讓座、有人想幫忙她過馬路，以及扶她上樓梯感到生氣，但最後她還是接受，希望得到這種可恨的需要。於是她訂製了一個無政府主義者的墓碑，上面沒有姓名也沒有日期，她也開始不鎖門睡覺，一旦她在睡夢中過世，諾伊就能出去通報消息。

某個禮拜天，當她從墓園回家，她在樓梯平臺遇見住在對門的小女孩。她陪她走了幾個街區，恍若直率的老祖母跟她無所不聊，看著她跟諾伊像老朋友嬉鬧。她依照計畫走到鑽石廣場，邀她享用冰淇淋。

「妳喜不喜歡狗？」她問小女孩。

「喜歡。」小女孩說。

於是瑪莉亞．多斯．普拉薩雷斯向她提出一個從許久前就準備好的提議：「萬一我發生什麼意外，請妳負責照顧諾伊。」她對小女孩說。「唯一的條件是每個禮拜天讓牠自由活動，牠知道自己要做什麼，不用擔心。」

小女孩很開心。瑪莉亞．多斯．普拉薩雷斯回到家，了了內心醞釀多年的心願讓她很是歡喜。然而，這個心願後來一直遲遲未實現，不是因為她老了有氣無力，也不是因為死亡姍姍來遲。更不是她自己的決定。而是十一月一個冰冷的下午，當她離開墓園時，突然暴風雨來襲，人生替她下的決定。她在三個墓碑寫上名字，走路下山到公車站，這時遇到第一陣暴雨全身溼透。她及時到一個荒涼的社區門廊上躲雨，那兒只見殘破的倉庫和灰塵密布的工廠，雨水打在巨大的貨車上發出更加駭人的雨聲，彷彿另一座城市。瑪莉亞．多斯．普拉薩雷斯讓淋溼的小狗在她懷裡取暖，眼睜睜看著擠滿人的公車經過，載客燈號熄滅的空計程車經過，但是沒有人發現她如遇船難的模樣。突然間，似乎連奇蹟都不可能降臨的時刻，有一輛鋼鐵灰色的豪華汽車無聲地駛過淹水的街道，在街角猛然停下，倒車開到她的面前。車窗玻璃彷佛施展了魔法被拉下，駕駛說要載她一程。

「我要去的地方很遠。」瑪莉亞・多斯・普拉薩雷斯老實說。「但是能載我一段路，就是幫我一個大忙。」

「告訴我您要去哪裡。」他繼續問。

「去恩典區。」她說。

這時車門自動打開。

「剛好是我要去的方向。」他說。「上車吧。」

車子裡有股冷藏藥品的氣味，窗外雨勢轉為大得不可思議，城市換了色彩，她感覺像是在另一個快樂的世界，那裡的一切都已經事先安排。駕駛順利穿越混亂的交通，彷彿施展了什麼魔法。瑪莉亞・多斯・普拉薩雷斯忐忑不安，因為自己一身狼狽，睡在膝上的小狗也可憐兮兮。

「這輛車真像郵輪。」她說，因為她覺得該說點什麼稱讚的話。「我從來沒看過這樣的車，連做夢也沒夢過。」

「其實，唯一糟糕的是這不是我的車。」他用生澀的加泰隆尼亞語說，停頓半晌又用西班牙語補充：「我就算花一輩子的薪水也買不起。」

「我可以想像。」她嘆口氣。

她斜眼打量他，他被儀表板的燈光染成綠色，看起來像個青少年，他頂著一頭鬈曲短髮，輪廓猶如羅馬青銅雕像，她想他並非長得特別好看，但有一種與眾不同的魅力，他穿著身上那件久穿磨損的廉價皮夾克很合適，他的母親每次聽見他回家的聲音應該都非常高興。從他那雙勞動的手可以相信他真的不是汽車的主人。

整趟路程他們不曾再說話，但是瑪莉亞．多斯．普拉薩雷斯發現他也偷偷斜眼打量她幾次，於是她再一次替自己到了這把年紀還活著感到痛苦。她自覺又醜又悲哀，頭上還蓋著下雨時隨便披上的廚房披肩，和她滿腦子想著死亡時沒想到要換下的一件醜陋的秋天大衣。

當他們到恩典區，雨勢已經減緩，這時天色暗下，街燈亮起。瑪莉亞．多斯．普拉薩雷斯要司機讓她在附近的一個街角下車，但是他堅持要載她到門前，他不只做到，還停在人行道上，讓她下車時不會被淋溼。她放開小狗，盡可能帶著尊嚴下車，當她回頭想道謝，卻迎上奪去她呼吸的男人目光。他的目光讓她動彈不得半晌，她不太知道是誰在等待什麼或者等誰有什麼動作，這時他用堅定的語氣問：

「我可以上去嗎？」

瑪莉亞．多斯．普拉薩雷斯感覺受到羞辱。

「我非常感激您載我一程。」她說。「我可不容許你這樣嘲弄我。」

「我一點也沒有嘲弄的意思。」他用西班牙語說，語氣堅決而嚴肅。「更何況是像您這樣的女士。」

瑪莉亞．多斯．普拉薩雷斯認識許多像他這樣的男人，也曾把許多比他還大膽的其他男人從自殺邊緣救回來，可是她漫長的一生卻不曾有過這麼害怕做決定的時刻。她聽見他不死心地追問，絲毫沒有想退讓的意思：

「我可以上去嗎？」

她邁開腳步，沒關上車門，用西班牙語回他，好確保他聽得懂。

「隨便您。」

她踏進門廳，裡面只有街道斜射進來的燈光勉強照明，她開始爬上第一段樓梯，感覺膝蓋發抖，無法呼吸，以為這可能是死亡那刻的驚慌。她停在夾層公寓門前，翻找口袋裡的鑰匙，身體慌得直發抖，她聽見街道上的汽車響起連續兩聲關上車門的聲音。搶在她前面的諾伊就要吠叫。「安靜。」她用奄奄一息的聲音下命令。她立刻感覺到踩上鬆脫的樓梯階梯的腳步聲，害怕心臟就要緊張得爆裂。就在千分之一秒，她再一次細細回想這三年改變她人生的預知夢，恍然大悟自己解讀錯誤。

「老天哪。」她驚愕地對自己說。「所以這根本不是死亡！」

最後她找到門鎖，聽著黑暗中急速的腳步聲，聽見開始變急促的呼吸聲，有個人越來越近，就跟在黑暗中的她一樣驚慌。這時她明白苦苦等了那麼多年，在黑暗中飽受折磨，全都是值得的，即使只是為了經歷這一刻。

一九七九年五月

十七個 中毒的英國人

DIECISIETE INGLESES ENVENENADOS

布露丹絲亞．林內羅夫人初抵那不勒斯港口，立刻發現這裡有著跟里奧阿查城一模一樣的氣味。當然，她沒跟任何人說這件事，因為不會有人懂，在那艘老舊郵輪上滿滿的都是來自布宜諾斯艾利斯的義大利人，這是他們在戰後第一次回到祖國，但無論如何，她已經七十二歲，在這趟遠離同胞和家鄉的十八天險惡海上旅程，至少沒感到那麼孤單、害怕和陌生。

破曉後，陸地的點點燈光浮現。比平常早起的旅客穿上新衣裳，懷著即將下船的忐忑不安，這個待在船上的最後一個禮拜天似乎是整趟旅程最真實的一個禮拜天。布露丹絲亞．林內羅夫人是少數幾個參加彌撒的人。她一反前些日子穿著半喪服在船上遛達，換上一件褐色的粗帆布長袍準備下船，她的腰部繫上一條方濟各會細繩腰帶，腳上一雙粗皮革涼鞋，只是太新看起來不像朝聖者的鞋子。這是實現願望的代價：她向天主承諾，只要她能獲得到羅馬見教宗的恩典，願意一輩子都穿著這件長袍，此刻她認為已經獲得恩典。彌撒最後，她點燃一根蠟燭獻給聖靈，感謝祂賜予她勇氣忍受加勒比海的暴風雨，她並替九個兒子和十四個孫子禱告，這一刻他們每一個都在里奧阿查城多風的夜裡夢見她。

早餐後，她爬上甲板，船上的氛圍已經改變。舞廳裡堆滿行李，一旁都是義大利旅客在安地列斯群島神奇的市場買來各式各樣觀光紀念品，而就在小酒吧的櫃檯裡邊有個蕾絲雕紋的鐵籠，裡面關著一隻伯南布科猴子。這是八月初的一個陽光燦爛的早晨。戰後典型的夏日禮拜天，陽光通常扮演著每日啟示的角色，巨大的郵輪在剔透的水面緩緩前進，像個病人吃力地喘息。地平線上，安茹伯爵陰森森的城堡若隱若現，但是船舷邊的旅客還以為認出熟悉的地方，沒看仔細，就指著那裡用南部方言歡天喜地呼叫。布露丹絲亞·林內羅夫人在船上結交了許多老的朋友，幫忙看顧孩子，讓他們的父母得以跳舞，甚至替大副縫過野戰外套的釦子，此刻卻突然覺得他們是毫不相干的陌生人。她思念著悶熱的回歸線，能一解初次湧上心頭的鄉愁，全靠社交熱情和人性溫暖，此刻這一切都消失無蹤。在海上看似永恆不變的關愛隨著看到港口的剎那結束。布露丹絲亞·林內羅夫人不了解義大利人捉摸不定的本性，她以為問題是在自己心中，而不是他人心中，因為她是在眾多返鄉的旅客人潮中唯一來到異地的一個。她心想，應該所有的旅程都是如此，她站在船舷旁凝視消逝在水底的無數個時代的遺跡，這輩子第一次很難過自己是個異鄉客。突然間，在她身旁一位貌美如花的女孩驚恐大叫，嚇了她一跳。

「我的媽呀，」她指著水底說。「快看那裡。」

那是一個溺死的人。布露丹絲亞．林內羅夫人看著那個人臉孔朝上在水中載浮載沉，他是個氣質不凡的禿頭中年男子，一雙彷彿正在微笑的眼睛睜得開開的，有著跟黎明的天空一樣的顏色。他穿著一套禮服和一件織錦背心，一雙漆皮短靴，衣領上插著一朵新鮮的栀子花。他的右手有一個用禮物紙包裝的方形小盒子，鐵灰色的手指緊緊地抓著緞帶，那是他在死亡瞬間唯一抓到的東西。

「他應該是在參加婚禮時墜海。」船上的一名船副說。「這一帶每到夏天很常發生這種事。」

這是個轉瞬即逝的畫面，這時郵輪正開進港灣，旅客關心的是其他比較沒那麼悲傷的事。但是布露丹絲亞．林內羅夫人繼續想著那位溺水者，可憐的溺水者的禮服下襬隨著郵輪留下的航跡漂動。

郵輪進入港灣，一艘老舊的拖船出來迎接，帶領它穿越在戰爭時期損壞的無數戰船殘骸。隨著船在生鏽的殘骸間前進，水面慢慢地浮現一層油汙，天氣比里奧阿查城在下午兩點時還要炎熱。早上十一點豔陽高照，城市突然出現在狹窄灣道的另一側，丘陵上布滿夢幻般的宮殿和堆擠在一起的老舊彩色棚屋。這時，難以忍受的臭味從翻攪的海水底部傳上來，布露丹絲亞．林內羅夫人認出這就像她家院子裡的螃蟹腐臭味。

當船前進時，旅客在混亂的碼頭上認出開心揮舞雙手的親戚。大多數是胸脯高聳的中年主婦，她們緊緊裹著喪服，個個悶熱不堪，身邊帶著一群世界上最美麗的孩子，還有勤奮矮小的丈夫，他們會讓妻子先看報，不論天氣多熱永遠打扮成嚴謹的書記官模樣，給人永遠不朽的形象。

就在一片猶如節慶的喧鬧聲中，有個外表看來傷心欲絕的老人，他的年紀非常大，此刻雙手正從身上那件乞丐外套的口袋，掏出一把把的小雞來。

頃刻間，碼頭上像覆蓋了小雞，牠們驚恐慌張地吱喳叫，到處亂跑，只有魔法變出的動物才可能被不知道發生奇蹟的人群踩下去之後還活著。魔術師把帽子翻過來放在地上，但是船舷邊沒有人施捨錢幣給他。

布露丹絲亞・林內羅夫人看得如痴如醉，彷彿這一幕是獻給她，因為只有她感謝他，她沒注意舷梯什麼時候放下，一群人如同雪崩湧進郵輪，像是海盜登船大聲叫喊。她目瞪口呆看著這麼多歡欣鼓舞的家庭，他們的身上散發洋蔥在夏天腐爛的臭味，她不停被一群群拳打腳踢搶著搬行李的搬貨工推來擠去，害怕自己就像碼頭上的小雞死得毫無價值。於是她在四角包上漆銅的木頭行李箱坐下來，專心一志不斷禱告，對抗在異教徒土地上的誘惑和危險。當大副發現她時，混亂早已過去，關閉的大廳只剩下她孤零零一個人。

「這個時間不該有人在這裡。」大副語帶親切對她說。「我能幫上什麼忙嗎？」

「我得等領事來。」她說。

的確如此。搭船的兩天前，她的大兒子拍了一封電報給他在那不勒斯當領事的朋友，要求他到港口接母親，幫忙她處理繼續前往羅馬的手續。他給了他船名和抵達時間，還提到她會穿上方濟各會的服裝下船。她相當堅持她的行事準則，大副只得答應她再多等一會兒，不過船上人員的午餐時間快到了，他們把椅子都搬到桌上，開始拿起一桶桶的水刷洗甲板。他們得三番兩次搬動她的行李箱以免潑溼，她跟著換位置，絲毫不為所動繼續禱告，直到他們請她離開娛樂廳，最後她頂著大太陽坐在救生小艇之間。快要下午兩點時，大副又在這裡遇到她，她穿著密不透氣的懺悔服，汗如雨下，繼續不抱希望地禱告，因為她又怕又傷心，得要努力忍耐才能不哭出來。

「繼續禱告是沒用的。」大副對她說，語氣已經沒有第一次見面的親切。「八月時，連天主也去度假了。」

他向她解釋，在這個時節一大半的義大利人都在海灘上，尤其是禮拜天。也許領事因為工作關係沒去度假，但是辦公室一定到禮拜一才開門。投宿旅館是唯一恰當的選擇，這一晚好好地休息，隔天打電話到領事館，電話號碼一定可以在電話簿找到。因此，布露丹絲亞・林內羅夫人只得接受這個建議，讓大副幫她在海關辦理入境手續和換錢，送她上計程車，大略交代司機載她去一間正派的旅館。

這輛老舊的計程車像靈車一樣慢吞吞，一路顛簸開過空無一人的街道。有那麼一瞬間，布露丹絲亞・林內羅夫人想著：大街上晾著的衣物彷彿幽靈，她跟司機是鬼城裡僅剩的活人，但是她也想著，像他這樣一個聒譟和熱情的男人，不可能會浪費時間傷害一個克服海上危難，只為了見教宗一面的可憐單身女人。

穿過恍若迷宮的巷道後，大海又現蹤。計程車沿著一旁熱燙的海灘繼續顛簸前進，沙灘上一片空蕩蕩，但是有許多顏色鮮豔的小旅館。車子沒停在這裡的任何一間旅館，反而直接開往一座有棕櫚樹和綠色長凳的公園，那裡有另一間比較不顯眼的旅館。司機把行李箱放在涼蔭的人行道上，看見布露丹絲亞・林內羅夫人一臉猶豫，便向她保證這是那不勒斯最正派的一間旅館。

有個俊秀親切的行李員扛起行李，負責服務她。他領著她走到樓梯天井臨時搭蓋的鐵網升降梯，然後以令人側目的決心，開始高聲唱起普契尼的一首詠嘆調。這是一棟老舊建築，九層樓都經過翻新，每一層樓都是一間不一樣的旅館。有那麼一瞬間，布露丹絲亞．林內羅夫人幻想自己被塞進一個雞籠，籠子沿著大理石樓梯緩緩爬升，刺耳的隆隆聲嚇著在房內露出不為人知一面的住客，或穿著破洞的內褲，或正打著帶著酸味的嗝。到了三樓，升降梯猛然停住，這時行李員停止唱歌，打開菱形紋路的摺疊拉門，殷勤地一鞠躬，祝她住得愉快。

她看見前廳鑲著彩色玻璃的木頭櫃檯後面有一位無精打采的少年，和種在銅製花盆裡的陰性植物。她立刻喜歡上這個少年，因為他有一頭跟她的小孫子一樣的天使鬈髮。她喜歡刻在青銅招牌上的旅館的名字，她喜歡殺菌劑的氣味，她喜歡羊齒吊掛盆栽、安靜，以及壁紙的黃金百合花圖案。她踏出升降梯一步，心涼了半截。一群穿著短褲和沙灘涼鞋的英國觀光客正坐在一長排的安樂椅上打盹兒。他們一共十七個人，對稱分坐的模樣，彷彿一個人在鏡子大廳裡不斷折射的倒影。布露丹絲亞・林內羅夫人看著他們卻分不清誰是誰，這樣匆匆一瞥，她只記得一長排泛著紅暈的膝蓋，像是肉舖裡掛在鐵鉤上的豬肉。她沒再往前走向櫃檯，反而是嚇得往後退，回到了升降梯。

「我們去別層樓吧。」她說。

「這是唯一有飯廳的旅館，夫人。」行李員說。

「沒關係。」她說。

行李員表示同意，關上升降梯，唱起一段剛剛那首還沒唱完的歌，直到抵達第十五層樓的旅館。這裡整個空間看似比較不那麼井然有序，老闆娘是個已婚少婦，能講一口流利的西班牙語，沒有人坐在前廳的高背椅上打盹兒。旅館的確沒有飯廳，但是跟附近一間飯堂配合，向旅客以特價供餐。布露丹絲亞・林內羅夫人決定要在這裡住一晚，因為女老闆能言善道，和藹可親，而且前廳沒有泛著紅暈膝蓋的英國人在打瞌睡，她實在鬆了一口氣。

下午兩點，臥室裡的百葉窗是拉下的，裡頭一片昏暗，有種人煙罕至的森林空地的涼爽和僻靜，很適合好好哭一場。等到只剩自己，布露丹絲亞·林內羅夫人拉上兩個門鎖，這才從早上以來第一次上小號，好不容易解出不多的尿量，她總算重新專注在這趟旅行的身分。接著，她脫掉涼鞋，拿掉腰帶，往左側身躺在對她來說太過寬敞和寂寞的雙人床上，流下她一直忍著的大量淚水。

這不只是她第一次離開里奧阿查城，即使在兒女結婚和離巢後，她也難得幾次出門，因為她得留在家中，跟兩個打赤腳的印第安女人負責照顧丈夫沒有意識的空殼身體。她大半輩子都在臥室裡面對一具男人的殘骸度日，她唯一愛過的人已經昏睡了將近三十年，就躺在那張鋪著山羊皮床墊、他們度過年少愛情時光的床鋪上。

去年十月，病人突然恢復意識，張開雙眼，認出他的親人，要求找個攝影師來。他們從公園找來老攝影師，帶著巨大的風琴式相機和黑色布罩，以及拍攝室內照片的鎂光圓盤。病人指揮該怎麼照相。「幫布露丹絲亞拍一張，感謝她在這輩子給我的愛和幸福。」他說。第一道鎂光燈亮起，她拍了照片。「現在再幫我兩個心愛的女兒布露丹絲塔和娜塔莉亞照相。」他說。她們也拍了照片。「再幫我兩個兒子照相，他們溫柔又聰明，是家族的楷模。」他說。就這樣，相紙拍光了，攝影師得回家拿新的。下午四點臥室裡亂成一團，空氣稀薄，充滿鎂光燈煙霧，和前來索取照片備份的親戚、朋友和熟人，躺在床上的病人開始失去生命跡象，他舉起手揮一揮，向所有人道別，彷彿站在船上的欄杆邊慢慢揮別世界。

他的過世對寡婦來說並非眾人以為的解脫。相反地，她痛苦至極，於是他的兒女聚在一起問她該怎麼安慰她，她回答此生唯一的心願是前往羅馬見教宗一面。

「我要一個人去，而且要穿上方濟各會的服裝。」她告訴他們。「這是我許下的諾言。」

看護病患的時光過去了，她唯一保留下來的習慣是痛哭一場。搭船時，她總是躲在廁所哭，不想被同一個艙房的兩個方濟各修女看到，後來她們在馬賽港下船。離開里奧阿查城之後，她認為唯一最適合哭泣的地方是在那不勒斯投宿的房間。因此她打算哭到隔天前往羅馬的火車啟程，不過旅館老闆娘下午六點就來敲門，告訴她再不去飯堂就會沒飯吃。

旅館的員工陪她前往。這時涼風從海上吹來，還有幾個遊客留在沙灘上晒著七點黯淡的陽光。布露丹絲亞・林內羅夫人跟著穿過一片陡峭的窄巷，巷子才剛從禮拜天的午覺甦醒過來，突然間她來到一個陰涼的籐架底下，這裡有幾張紅色格紋桌巾的餐桌，桌上擺著充當花瓶的醃漬物玻璃罐，裡邊插著紙花。這個時間還早，幾個正在吃飯的都是餐廳員工，較遠的角落還有一名非常窮的神父正在吃洋蔥配麵包。一到這裡，她就發現所有人的視線都望向她那身褐色長袍，但是她絲毫不慌張，她知道苦修一定會遇到尷尬處境。她反而同情上前招待的女服務生，她是個美麗的金髮女孩，講起話來像唱歌，她心想戰後的義大利想必狀況很糟，因為這樣的女孩竟然淪落到一間飯堂當服務生。她在花朵盛開的籐架下感覺很自在，廚房飄出來的肉桂葉燉菜香，喚醒了整天因焦躁而忘記的飢餓感。這是這麼久的時間以來，她第一次不會那麼想哭。

然而，她沒辦法點想吃的東西。一方面是金髮女服務生雖然很親切也很有耐心，她們卻費了好一番工夫溝通，另一方面是因為飯堂提供的肉類只有鳴禽鳥肉，那在里奧阿查城的民房可是養在籠子裡的鳥類。最後，那位在角落吃飯的神父充當她們的翻譯，向她解釋，戰爭在歐洲造成的急迫狀況還沒結束，能有山上捕捉的鳥兒可吃已經是奇蹟。可是她拒絕了。

「我覺得，」她說。「這就像吃掉自己的孩子。」

因此她只能吃一碗麵湯，一盤發出餿味的櫛瓜燉培根，和一塊如同大理石堅硬的麵包。正當她用餐時，神父走過來乞求她發揮善心請他喝杯咖啡，接著在她身邊坐下來。他來自南斯拉夫，曾到玻利維亞傳教，西班牙語雖然講得生澀，但頗能表達意思。布露丹絲亞·林內羅夫人覺得他就是個平凡人，身上看不出一絲已蒙赦免罪過的痕跡，她看見他有雙令人厭惡的手，指甲斷裂骯髒，那呼氣夾帶的洋蔥味久久不散，反倒像是他的性格特質之一。但無論如何，他侍奉天主，能在他鄉遇到了解彼此的人總是令人開心的事。

他們慢慢聊著天，無視於四周的桌位逐漸坐滿食客，恍若畜欄越來越嘈雜。布露丹絲亞·林內羅夫人對義大利已有了最終的看法：她不喜歡這個國家。這裡的男人有些不懂分寸，而這是很嚴重的一點，這裡的人吃鳥肉，而這實在太過分，還有他們本性惡劣，竟丟下溺水的人在水上漂浮。

神父除了喝完一杯由她買單的咖啡，還喝了一杯渣釀白蘭地，並試著讓她明白她的看法有多麼膚淺。義大利在戰爭期間建立一套相當有效率的系統，用以拯救、辨識，和在聖地埋葬天亮後漂浮在那不勒斯海灣的無數溺水者。

「從幾個世紀前，」神父下結論。「義大利人就明白人生只有一次，他們試著活出最精采的生活。這樣的想法讓他們精於算計和個性善變，但是也治癒他們殘酷的毛病。」

「他們甚至沒停下船。」她說。

「他們會用無線電通知港口管理機關。」神父說。「這個時候，他們應該已經撈起那個人，以天主之名下葬。」

兩人在爭論這個話題後，心情改變了。布露丹絲亞．林內羅夫人吃完飯，這時才注意所有的桌子都已經坐滿。附近的幾張桌子，有幾個幾乎全裸的觀光客正在安靜吃飯，還有幾對熱戀中的情侶根本沒吃飯，而是在親嘴。在盡頭的櫃檯旁，社區的居民正在桌邊玩骰子和喝著透明顏色的葡萄酒。布露丹絲亞．林內羅夫人明白自己來到這個討厭的國家只有一個理由。

「您認為要見到教宗很難嗎？」她問。

神父回答在夏季簡單多了。此刻教宗正在岡多菲堡度假，每個禮拜三下午會公開接見來自世界各地的朝聖者。門票非常便宜：二十塊里拉。

「那麼告解要多少錢？」她問。

「教宗不聽告解。」神父有些震驚地說。「當然，除非對象是國王。」

「我不懂他為什麼要拒絕幫忙一個遠道而來的可憐女人。」她說。

「他也會拒絕某些國王，即使貴為國王也會等到嚥下最後一口氣。」神父說。「但是請告訴我，您到底犯下什麼可怕的罪過，因而一個人踏上這樣的旅程，只為了跟教宗告解？」

布露丹絲亞·林內羅夫人想了一會兒，神父第一次看見她露出微笑。

「聖潔的聖母瑪利亞！」她說。「我只要看到他就心滿意足了。」接著她吐出一聲彷彿發自靈魂深處的嘆息。「這是我一輩子的夢想！」

其實她依然感到害怕和難過，只希望趕快離開，不只離開這個地方，甚至是離開義大利。神父應該是認為這個恍惚的女人不會再給什麼好處，所以祝她好運，轉身到其他桌子乞討施捨他一杯咖啡。

布露丹絲亞·林內羅夫人離開飯堂時，發現整個城市已經改變樣貌。她訝異地看見晚上九點竟還有陽光，她被湧上街道吹涼風透氣的吵鬧人潮嚇了一大跳。她沒辦法聽著這麼多偉士牌機車的排氣管聲過活。騎車的男人赤裸上身，後面載著抱緊他們腰的美麗女人，蛇行穿過吊著豬肉的攤子和賣西瓜的桌子之間，一跳一跳前進。

這是節慶的氣氛，可是看在布露丹絲亞·林內羅夫人眼裡簡直是一場災難。她迷失方向。她突然發現她闖進一條不太正派的街道，所有的屋子長得一模一樣，門口坐著一臉哀淒的女人，那閃爍的紅燈叫她怕得直發抖。有個衣冠楚楚的男人，手上戴著厚重的黃金戒指，領帶上別著一顆鑽石，跟著她走過好幾個街區，他用義大利語跟她講了些什麼，然後又用英語法語各說一遍。他見她沒回答，就從口袋掏出一個小盒子，讓她看看裡面的一張明信片，她只瞧一眼就驚覺自己正走在地獄裡。

她落荒而逃，到了街尾，重見夕陽下的大海和那股跟里奧阿查城一樣的貝類腐臭氣味，於是她的心再次恢復平靜。她認出面對空無一人的沙灘的彩色旅館。猶如靈車的計程車，廣闊的夜空出現的第一顆星子。她認出她搭來的那艘船孤零零停靠在海灣盡頭的碼頭邊，巨大的船上只見甲板燈火通明，她發現那艘船已經跟她的人生毫無關聯。她在碼頭左轉，但是無法繼續往前，因為一群警察擋住大批好奇圍觀的人潮。在她投宿的那間旅館的大樓前，有一排救護車正開著車門等著。

布露丹絲亞·林內羅夫人站在好奇的民眾後面，踮起腳往前看，再次看見那批英國遊客。他們躺在擔架上，被一一抬出來，每一個都動也不動，神情嚴肅，依舊像是一個人和多個重複的倒影，他們身上穿著共進晚餐的正式禮服：法蘭絨長褲、斜紋領帶，和一件深色外套，胸前口袋繡有三一學院的徽章。從附近陽臺探頭觀看的鄰居，和堵在街道上的好奇群眾，像是在體育場齊聲數著一一被抬出來的人數。一共十七個。他們兩兩進一輛救護車，車子開著猶如戰時響徹雲霄的警報聲離開。

遇到這麼多驚人的事，布露丹絲亞．林內羅夫人神情恍惚，她搭上升降梯，裡面擠滿其他旅館的旅客，正說著她聽不懂的各種語言。他們紛紛回到各自的樓層，除了三樓，三樓的旅館是開著的，燈火通明，但是櫃檯沒有人，她在前廳看見的安樂椅也不見蹤影，那十七個露出粉色膝蓋的英國人就是坐在那裡打瞌睡。十五樓的老闆娘壓抑不住興奮情緒，告訴她整件慘事的來龍去脈。

「全都死了。」她用西班牙語對布露丹絲亞．林內羅夫人說。「他們吃了晚餐的牡蠣湯中毒。您能想像嗎？八月吃牡蠣！」

老闆娘遞出房間鑰匙，不再理她，用方言對其他旅客說：「我們這裡沒有飯廳，所有在這裡投宿的人都能平安一覺到天亮！」布露丹絲亞・林內羅夫人鎖上房門，再次感覺淚水梗在喉嚨。她把書桌和安樂椅搬過去擋住房門，最後把行李箱也堆在一起，築起堡壘，抵擋因同時在這個國家發生的這麼多事心中所生出的恐懼。接著她穿上寡婦睡袍，仰躺在床上替那十七個中毒身亡的英國人唸十七遍玫瑰經，願他們的靈魂能夠永遠安息。

一九八〇年四月

北風

TRAMONTANA

我只在巴塞隆納的時髦夜總會「薄伽丘」看過他一次，那是在他遭逢死劫的幾個小時前。當時有一群瑞典年輕人正在糾纏他，想在凌晨兩點帶他去卡達克斯繼續未完的派對。他們一共十一個，要區分他們不容易，因為男男女女看起來都一模一樣：漂亮、窄臀和金色長髮。他應該不超過二十歲，一頭青黑色鬈髮，光滑的橄欖色臉龐，那是只有受母親影響、習慣走在涼蔭底下的加勒比海人會有的膚色，他那雙能迷倒瑞典女孩的阿拉伯眼睛，或許連少數幾個瑞典男孩都難抵魅力。他們讓他坐在吧檯邊，看上去彷彿一尊腹語人偶，然後對著他拍手唱流行歌，就是要說服他跟去。他嚇壞了，跟他們解釋理由。有人大吼他們不要煩他，其中一個瑞典男孩對著那個人笑得半死。

「他是我們的。」他大喊。「他是我們在垃圾桶找到的。」

當時我剛跟一群朋友去加泰隆尼亞音樂宮聽完大衛．歐伊斯特拉赫的最後一場音樂會，才踏進酒吧不久，看見那群瑞士年輕人不信他的理由，我的寒毛都豎立起來。男孩的理由很神聖。他曾住過卡達克斯，在當地一間時髦酒館唱安地列斯群島歌曲，直到去年夏天抵不過北風。隔天他逃離那裡，不管那裡有沒有北風，已決心永遠不再回去，他相信一旦回去必死無疑。這是一種加勒比海人的篤信，一群理性主義派的北歐人不可能會懂，更何況他們在夏天和當季加泰隆尼亞高單寧葡萄酒的催化下，滿腦子都是肆無忌憚的想法。

我比任何人都懂他的意思。卡達克斯是布拉瓦海岸最美麗和保持最好的村莊之一。部分原因應該是，要通往村莊得經由一條狹窄公路，公路沿著深不見底的萬丈山崖蜿蜒而去，非得要有相當的膽量才敢開到時速五十公里。那裡承繼地中海漁村的傳統風格，大多是低矮的白色房屋。由知名建築師新蓋的房屋也都力求尊重原本的和諧。每逢夏天，當來自彼岸非洲沙漠的熱氣到來，卡達克斯就會變成宛若地獄的巴別塔，整整三個月，來自全歐洲的遊客會跟當地人或幸運在還能有好價錢時買下房產的外地人，一起爭奪這個樂園。然而到了春天跟秋天，當卡達克斯變得充滿魅力時，大家卻想著北風，人心惶惶，這種陸地的風無情而頑固，當地人和一些吃過苦頭的作家認為吹來的風是讓人發狂的因子。

大概十五年前，我也是不斷拜訪那裡的人之一，直到北風硬生生闖入我們的人生。那是一個禮拜日的午覺時間，我在它還沒到來之前，就先感覺到某件事要發生的不可思議預兆。我精神萎靡，莫名悲傷，甚至感覺我當時不到十歲的孩子，似乎帶著敵意的眼神看著我在屋子裡走來走去。不久，守衛拿著一個工具箱和幾條船繩進來固定門窗，他看到我沮喪的模樣，一點也不感到驚訝。

「是北風。」他對我說。「不到一個小時就會到。」

他從前在海上工作，現在年紀非常大，身上還穿著當時工作的防水厚外套、扁帽和水煙筒，還有一身在世界各地被鹽分冶煉的皮膚。閒暇時，他跟打過幾場敗仗的老兵在廣場上玩法式滾球，跟遊客在沙灘上的酒吧吃小菜，因為他就是有本事用任何語言讓人聽懂他那口砲兵般的加泰隆尼亞語。他說他認識世界各地的港口，卻不知道任何內地的城市。他說：「連法國巴黎都不知道長什麼樣。」因為他不信任海上以外的交通工具。

最後幾年，他一下子老了許多，不曾再出現街頭。他大多數的時間都待在他的守衛室，孤零零一個人，他一輩子都這麼過。他把空罐頭放在酒精燈上煮飯給自己吃，這樣就能煮一頓讓大家開心的哥德式美食。天一亮，他就忙著照顧每一層樓的房客，他是我見過最體貼的人，有著加泰隆尼亞人天生的慷慨和淳樸的溫良。他不多話，但向來有話直說和簡單明確。沒事做時，他會填寫足球分析預測表，但是很少寄出去。

那一天，他來固定門窗，預防災情，並跟我們談起北風，那模樣像是在談一個討人厭的女人，但是沒有她人生就失去意義。我很訝異，他這樣一個屬於大海的男人，竟會敬畏一道來自陸地的風。

「因為這種風更古老。」

他似乎不是以天數和月份來劃分一整年，而是以北風總共來幾次。「去年，北風第二次來的三天過後，我得了腹絞痛。」他曾經跟我這麼說過。或許這解釋了他相信每次北風來過，人就會老好幾歲。我們見他如此著迷，忍不住迫切想見識一場致命卻又吸引人的來訪。

結果沒等太久。守衛一離開，風聲開始呼嘯，慢慢地颯颯聲轉為尖銳刺耳，最後變成撼動大地的巨響。這時風真的來了。首先是一陣陣越來越頻繁的強風，而後風驟然停止，中間沒有停歇，沒有減緩，只有一種超自然的猛力和殘暴。我們的公寓面向著高山，跟加勒比海常見的公寓正好反過來，或許這是因為老一輩的加泰隆尼亞人愛海但不願看到海的怪癖。因此，這道風是直撲我們而來，眼看就要把固定窗戶的船繩吹斷。

最讓我訝異的是天氣依舊好得不像話，金黃的太陽高掛在靜謐的藍空上。實在太不真實，我決定帶孩子去瞧瞧大海的模樣。畢竟他們從小見慣墨西哥的地震和加勒比海的颶風，我們認為再多一種風沒什麼好大驚小怪。我們躡手躡腳地經過守衛室，看見他對著一盤香腸豆泥發愣，凝視著窗外的風。他沒看見我們出去。

我們把屋子當作保護屏障往前走，但是一繞過沒有保護的轉角，我們就不得不抱著柱子以免被威力強大的風吹跑。於是，我們就這樣呆望著在災難中寧靜清澈的大海，直到守衛帶著幾個鄰居幫忙解救我們。這時，我們才相信唯一明智的選擇是關在家裡，直到天主放過我們一馬。而當下根本沒人知道要等到什麼時候。

兩天過後，我們開始認為這道駭人的風不是地球上的自然現象，而是某個人基於個人恩怨對另一個人的傷害，只針對一個人。守衛擔憂我們的精神狀況，每天來看我們好幾次，他帶當季的水果來給我們，還有給孩子們的巧克力派。禮拜二的午餐時間，他送給我們他用廚房罐頭煮出來的大餐：田螺兔肉，這可是出自加泰隆尼亞的名菜。這是恐懼中的一場盛宴。

禮拜三是我這輩子最漫長的一天，一整天除了颳風沒有其他的事發生。不過，應該像是黎明前的黑暗吧，因為午夜過後我們全都同時醒來，感覺一種類似死亡的死寂重壓在身上。山上的樹木連一片葉子都靜止不動。因此我們走到街上，這時守衛室還是暗的，我們欣賞破曉時分星子依稀閃爍的天空，和波光閃閃的大海。儘管不到五點，許多遊客都已經在沙灘的石堆上享受放鬆的心情，在關完禁閉三天後開始準備揚帆出航。

出門時，我們沒有特別注意守衛室是暗的。但是當我們回家時，空氣已經跟海面一樣閃著光芒，他的守衛室還是沒開燈。我感到奇怪，敲兩下門，看他沒應門，我就推開了門。我想孩子們比我還早看到他，所以發出尖叫。老守衛穿著航海夾克，領子上別著身為傑出航海員的徽章，吊死在主梁上，身體還被北風的餘威吹得左右擺盪。

村莊已經完全恢復平靜，我們因為想家，比預計時間提前離開，並決定再也不回來。遊客再一次出現街頭，老兵聚集在音樂飄揚的廣場上，他們幾乎連打滾球的力氣都沒有。我們在海洋酒吧，隔著滿布灰塵的玻璃看見幾個熬過北風吹襲的朋友，他們在陽光燦爛的春天再一次繼續生活。但是這一切已經過去。

因此，在「薄伽丘」的那個悲傷的凌晨，沒有人能跟我一樣理解有人拒絕卡達克斯的恐懼，因為他相信自己會死。然而，那些瑞典人絲毫不退讓，他們強行帶走男孩，一副歐洲人要下猛藥治好他的非洲迷信心態。酒吧顧客讓出一條路，他們就在一片掌聲和噓聲中，把拳打腳踢的男孩塞進全是醉漢的小貨車上，就在那個時間開向前往卡達克斯的漫長路途。

隔天一早，我被電話聲吵醒。從派對回來時，我根本不知道幾點，也忘記拉上窗簾，但是此刻滿室夏日的陽光。電話那頭傳來憂慮的聲音，我才剛醒來，沒認出是誰。

「你還記得昨晚被帶去卡達克斯的那個男孩？」

我不需要再聽下去就知道發生什麼事。只是事情經過曲折離奇，遠超過我的想像。那個男孩眼看就要回到那裡，驚慌不已，想辦法要逃離無法避免的死劫，竟趁著那群瑞典人一個疏忽，從行進中的卡車跳出去，摔下了深不見底的山崖。

一九八二年一月

富比士女士的快樂夏日

EL VERANO FELIZ DE LA SEÑORA FORBES

下午回到家，我們發現一隻巨大的海蛇釘在門框上，那是一條泛著磷光的黑蛇，眼睛的生氣還沒熄滅，脫臼的下顎露出鋸齒尖牙，脖子被釘子穿透，活像吉普賽人的詛咒。當時我大概九歲，目睹這樣瘋狂的一幕，我過度驚嚇，發不出聲音。但是比我小兩歲的弟弟丟下氧氣筒、蛙鏡和蛙鞋，嚇得尖叫逃走。富比士女士聽見他的叫聲，從那條由碼頭沿著礁石堆通往家中的蜿蜒石頭階梯過來找我們，她氣喘吁吁，臉色蒼白，但一看清楚釘在門口的東西，就明白我們為什麼嚇得半死。她總是說，只要兩個小孩湊在一起，不論是哪個人做了什麼，都要一起扛責任，因此，她先為弟弟的尖叫責備我們，再怪我們自制力不夠。她講德語，沒照家教工作合約上的規定講英語，或許是因為她也慌了卻不承認。但是她恢復冷靜後，再次開口講起僵硬的英語，扮演她最愛的教學角色。

「這是海倫海鰻。」她對我們說。「名字來自牠在古希臘人眼中是神聖的生物。」

這時，教我們在深水游泳的一個當地孩子歐雷斯特突然出現在刺山柑灌木叢後面。他戴著掀開到額頭上的蛙鏡，一條緊身小泳褲，和一條皮帶，上面掛著六把不同形狀和大小的刀，因為他想不出比在水中跟動物近距離搏鬥更好的捕獵辦法。他二十歲左右，待在海底的時間要比在陸地還長，他看起來就像海生動物，身體經常沾滿機油。富比士女士第一次看到他時，告訴我的父母她從未看過這麼美的人類。然而，即使絕美還是得面對殘酷的事實：他把海鰻掛在門上無非是為了嚇小孩，因此招致一頓義大利語責罵。接著，富比士女士下令他把海鰻拔下來，不過態度充滿對謎樣生物的敬重，然後叫我們換衣服準備吃晚餐。

我們馬上照辦，可不想再犯任何錯誤，因為經過富比士女士調教兩個禮拜後，我們已經明白活著是一件多麼不容易的事。當我們摸黑在浴室沖澡，我發現弟弟還想著那條海鰻。「牠有一雙人類的眼睛。」他對我說。我同意他的說法，不過不讓他這麼想，所以轉換話題，直到我洗完澡。但正當我要踏出浴室，他要我留下來陪他。

「天還沒黑。」我跟他說。

我打開窗簾。這個時節是八月天，從窗戶可以看見恍若月球表面的平原冒著熱氣，延伸到島嶼的另外一頭，太陽高掛在空中，靜止不動。

「不是因為那個。」我的弟弟說。「我只是怕我會怕。」

然而，當我們走到餐桌旁，他看來似乎很平靜，一舉一動小心謹慎，還得到富比士女士的特別誇獎，當週本來就不錯的分數又多了兩分。我卻相反，她從我已經累積的五分扣掉兩分，因為我在最後一刻匆忙趕到飯廳，而且還喘著氣。我們每得到五十分，就能吃雙份點心，但是我們的得分從沒超過十五分。說真的，真是可惜呀，因為我們再也沒吃過比富比士女士做的還要美味的布丁了。

晚餐前，我們對著空盤子禱告。富比士女士不是天主教徒，但是她的合約規定她得帶我們一天禱告六次，所以她先學會我們的禱告詞才能完成工作。接著我們三個坐下來，我們屏息讓她檢查我們的行為細節，等到一切看似完美，她才搖鈴。這時廚娘芙露薇亞・富拉米內亞，端著那盤在這個令人討厭的夏天中一成不變的麵條湯進來。

之前只有我們跟父母單獨用餐時，上菜就跟過節一樣熱鬧。芙露薇亞・富拉米內亞在餐桌旁一邊服侍我們一邊咯咯笑。她做事雖然雜亂無序，卻添加了生活的樂趣，最後她會跟我們坐在一起，從每個人的餐盤分一點食物吃。但自從富比士女士接掌我們的命運，她上菜時只剩陰森森的死寂，我們甚至可以聽到湯在大湯鍋裡滾煮的咕嚕聲。吃晚餐時，我們緊貼著椅背坐直，一邊臉頰咀嚼十次，再換另一邊咀嚼十次，緊盯著這位嚴厲、悶悶不樂的中年女人，聽她背誦禮儀課。那就像禮拜天的彌撒，可是少了能安慰人心的詩歌。

發現海倫海鰻掛在門口那天，富比士女士對我們大談對祖國的義務。她的聲音把空氣都給搾乾了，芙露薇亞・富拉米內亞彷彿飄在稀薄的空氣中，端出接著麵條湯之後的炭烤魚排，雪白的魚肉發出陣陣香味。我從那時就喜歡吃魚，勝過任何陸地或空中的食物，於是我想起我們在瓜卡馬亞爾的屋子，不再那麼緊張。但是我的弟弟拒絕吃那道菜。

「我不喜歡。」他說。

富比士女士暫停教誨課。

「你連一口都沒嘗，」她對他說。「怎麼知道喜不喜歡。」

她對廚娘使個警告的眼神，不過為時已晚。

「海倫海鰻是全世界最鮮嫩的魚肉。」芙露薇亞．富拉米內亞對他說。「嘗一口，你就知道。」

富比士女士面不改色。她用她那套無情的方法，告訴我們海倫海鰻在古時候是國王的美食，戰士搶奪魚的膽汁，因為能賜給他們超自然的勇氣。接著，她又再一次重複在這麼短時間內不知道講過幾次的話，那就是好的品味並不是與生俱來的能力，但也不是在某個年齡就能學會，而是要從小刻意培養。因此，沒有任何不吃的正當理由。因為我先嘗過魚肉才知道是什麼魚，於是永遠記得當下的矛盾：口感滑順，但有一點哀愁，最後海蛇釘死在門上的畫面壓過我的食慾。我的弟弟盡了最大力量嘗了一口，但是他還是無法接受，吐了出來。

「去浴室。」富比士女士面不改色對他說。「洗乾淨再回來吃。」

我非常擔心他，因為我知道他得鼓起多大勇氣穿過剛剛開始變暗的整間屋子，獨自一個人待在浴室直到洗乾淨。不過，他很快就回來了，穿了另外一件乾淨的襯衫，他臉色蒼白，忍住內心的顫抖，成功通過嚴格的衛生檢查。這時富比士女士切下一塊魚肉，命令我們繼續吃。我花了好一番力氣吃下第二口。相反地，我的弟弟根本連餐具都沒拿。

「我不要吃。」他說。

他的態度十分堅決，富比士女士只能退讓。

「好吧。」她說。「可是你不能吃點心。」

我看見弟弟逃過一劫，跟著鼓起了勇氣。我照富比士女士指導的用完餐規矩，把刀叉交叉放在餐盤上，然後說：

「我也不吃點心。」

「你們也不能看電視。」她回答。

「我們不看電視。」我說。

富比士女士把餐巾放在桌上，我們三個站起來禱告。接著她要我們回臥室，警告我們得在她吃完之前睡覺。我們的優良積分一筆勾銷，要重新累積二十分，才能再享用她的奶油糕餅、香草蛋糕，和美味的李子餅乾，我們這輩子再也沒嘗過其他一樣美味的點心。

這次的決裂是遲早會來的結果。我們不安地期待到潘泰萊里亞島的自由夏天到來，盼了整整一年，這座島嶼位於西西里島南側，我們跟父母一起度過的第一個月的確很自由。我還記得陽光下的火山岩平原、永恆的大海、生石灰牆房屋和階梯，無風的夜晚可以從窗戶望見非洲燈塔的扇狀燈光。我跟爸爸在島嶼附近沉睡的水底探索，發現最後一場戰爭遺留下來埋在那裡的一排黃色魚雷；我們撈起一個幾乎一公尺高度的希臘雙耳瓶，上面的花環已經石化，瓶子底部留有一種古時毒酒的殘液，我們還泡在冒熱氣的積水處，水的密度很高，幾乎可以在水面行走。不過我們最感驚奇的是芙露薇亞·富拉米內亞。她像是快樂的魟魚，不論走到哪裡，她的身邊總是跟著一群睡眼惺忪的貓，害她絆腳，但是她說她忍受牠們不是因為愛，而是怕被老鼠吃掉。到了夜晚，當父母欣賞大人的電視節目，芙露薇亞·富拉米內亞帶我們去她家，就在不到一百公尺外，她教我們分辨遠處傳來的喧鬧聲、歌聲，和突尼斯吹來的狂風哀鳴。她的丈夫比她年輕許多，夏天時在島嶼另外一頭的觀光旅館工作，回到家只是睡覺。歐雷斯特跟他的父母住得有點遠，他總是在晚上帶著一串漁獲和一籃籃剛剛釣上的龍蝦出現，他把龍蝦掛在廚房，好讓芙露薇亞·富拉米內亞的丈夫能在隔天拿去旅館賣。接著他把潛水燈戴回額頭，帶我們去捕跟兔子一樣大的山老鼠，這種老鼠對廚餘總是虎視眈眈。有時我們回到家時，父母已經上床睡覺，我們則是無法睡，因為老鼠在院子裡爭奪廚餘發出震天巨響。這種睡不著的經驗反倒變成我們那個快樂夏天的魔法佐料。

只有我的父親才想得出決定聘請一名德國女教師。他是個自負大於才華的加勒比海作家。他迷戀歐洲已經化為灰燼的榮耀，不論是在書上還是在真實生活中，都像急著擺脫他的出身，他幻想著除去子女身上任何過去的痕跡。我的母親跟過去在瓜希拉半島北部當流浪教師一樣謙卑，從未想過丈夫竟會想出有違天意的點子。因此，當他們倆跟四十個近代作家去參加五個禮拜的愛琴海島嶼文化遊輪之旅，一定沒認真想過把我們交給一位來自多特蒙德女士軍長，讓她強迫我們學習歐洲社會不合時宜的舊日習慣，會對我們的人生造成什麼影響。

七月的最後一個禮拜六，富比士女士從巴勒莫搭乘班船抵達，我們一看到她就發現假期已經結束。南方天氣炎熱，她竟穿著一雙軍靴和一件交叉領洋裝出現，她戴著一頂毛氈帽，帽子底下是跟男人一樣短的頭髮。她身上有股猴子的尿騷味。「所有的歐洲人身上都有這種味道，尤其是在夏天的時候。」父親對我們說。「那是文明的味道。」但是，儘管富比士女士打扮陽剛，卻遮掩不了她瘦弱的身材，如果我們是大人，或者她能有一絲絲溫柔，或許我們會有些同情她吧。我們的世界天翻地覆。夏天剛開始時與大海六個小時為伍的日子一直不斷挑戰我們的想像，如今縮為短短一個小時，而且重複同樣的訓練。當我們跟父母在一起時，能隨時跟著歐雷斯特游泳，驚嘆他只拿著小刀跟章魚搏鬥的技巧和膽量，四周的海水被墨汁和鮮血染成模糊一片。之後他還是跟以往一樣乘著外掛引擎小船在十一點抵達，但是除了學習潛水游泳，富比士女士不讓他跟我們多待一分鐘。她禁止我們晚上去芙露薇亞·富拉米內亞的家，因為她認為不能跟傭人太親近，之前抓老鼠的享樂時間改為深度閱讀莎士比亞的作品。我們在瓜卡馬亞爾時習慣偷採院子裡的芒果，在熱燙的街道上拿磚頭砸死狗，對我們來說，這種王子一般的生活無非是最殘酷的折磨。

然而，我們很快發現富比士女士對自己不像對我們那般嚴苛，這讓她的威權出現第一道裂痕。起先，當歐雷斯特教我們潛水時，她穿著軍裝在海灘上的彩色遮陽傘下閱讀席勒的詩歌，接著她替我們上端莊舉止的社會理論課，一直上到午餐休息時間。

有一天，她要求歐雷斯特帶她搭引擎小船去旅館的觀光商店，帶回一件像海豹皮發亮的黑色連身泳裝，但是她從沒下水。當我們游泳時，她就在沙灘上晒太陽，之後沒到蓮蓬頭下沖水，只拿毛巾把汗擦乾，因此到了第三天她已經晒得跟龍蝦一樣紅，那股文明的味道濃得叫人喘不過氣來。

夜晚是她的發洩時間。從她掌控以來，我們總感覺有人摸黑在屋子裡走動，揮舞雙手，我的弟弟怕得要命，還以為是芙露薇亞．富拉米內亞口中那些遊盪的溺死者。很快地，我們發現那是富比士女士，她在夜晚釋放白天壓抑在內心的孤獨女人，過著真實的生活。有一天凌晨，我們很驚訝在廚房看到她穿著女學生睡袍，全身上下包括臉上都是麵粉，正在準備她那些美味的甜點，手中一杯波多葡萄酒，那心智失控的模樣鐵定會引起另一個富比士女士的反感。從那一刻起，我們知道她在我們上床後並沒有回她的房間，而是偷偷下去游泳，或者在客廳逗留到深夜，把電視轉無聲，一邊欣賞禁止小孩看的電影，一邊吃下整塊蛋糕，甚至還偷喝一瓶我的父親努力留在紀念日子飲用的特殊葡萄酒。她一反她所要求的節制和沉著，吃東西吃到快要噎著，那種急迫彷彿失去控制。後來，我們聽到她在她的房間裡自言自語，聽見她用動聽的德語朗誦《聖女貞德》的整段節錄，聽見她唱歌，聽見她在床上嗚咽到天明，然後睜著含淚的腫脹眼睛來吃早餐，她越來越陰沉，越來越專制。我跟我的弟弟從不曾過過像當時那麼悲慘的日子，但是我打算忍她忍到最後一刻，因為我知道不管如何，她的理由一定比我們的要有效力。我的弟弟相反，他的個性果敢，起而反抗她，後來那個夏天我們從天堂墜入地獄。海倫海鰻的插曲是壓倒駱駝的最後一根稻草。那一晚，當我們在床上聽見富比士女士在已經沉睡的屋內不停走動，我的弟弟釋放那股在他內心深處逐漸發臭的怨恨。

「我要殺了她。」他說。

我聽到他的決心，嚇了一跳，其實很巧的，我在那頓晚餐後也這麼想。然而我勸阻他。

「你會被砍頭。」我跟他說。

「在西西里島沒有斷頭臺。」他說。「而且，沒有人會知道誰會做這種事。」

我的心裡想著，從水裡撈起的雙耳瓶中還有著致命毒酒的沉積物。我的父親把瓶子收起來，因為他想送去做更進一步的分析，調查毒物的屬性，因為那不可能只是時間轉移留下的東西。用來對付富比士女士很簡單，大家都會認為意外或者自殺。因此黎明時，當我們感覺她在吵鬧一整夜後筋疲力竭倒下，就把雙耳瓶的酒摻進父親喝的特殊葡萄酒瓶。據我們所聽到，那個劑量足以毒死一匹馬。

早上九點整，我們在廚房吃早餐，富比士女士把芙露薇亞．富拉米內亞一大早放在爐子上的甜麵包端了上來。倒完酒的兩天過後，當我們吃早餐時，我的弟弟不悅地發現餐具櫃上的毒酒瓶還沒動過。這天是禮拜五，接下來的週末酒瓶依舊原封不動。但是到了禮拜二夜裡，富比士女士欣賞電視播放的不正經電影時，喝掉了一半。

然而，禮拜三她跟平常一樣準時來吃早餐。她的臉孔一樣殘留熬夜的痕跡，厚重鏡片後面的眼睛一樣流露焦慮，當她發現麵包籃裡有一封貼著德國郵票的信之後更加焦慮。她一邊喝咖啡一邊讀信，但是她老是告訴我們不可以這麼做，讀信時，她的臉隨著信上的字句發出光采。接著，她拔下信封的郵票，跟剩下的麵包放進籃子，送給芙露薇亞．富拉米內亞的丈夫集郵。那一天，富比士女士陪我們到海底探險，儘管她一開始的經驗並不愉快，我們偏離路線，游向一片鹽度低的海域，直到耗盡氧氣瓶的空氣，我們沒上禮儀課就回家。富比士女士一整天神采奕奕，甚至晚餐時還更加活力充沛。我的弟弟受不了這份挫敗感。當我們一聽到開動的命令，他立刻推開麵條湯，露出挑釁神情。

「我他媽的受夠了這種蚯蚓湯。」他說。

他就像丟了一顆開戰的手榴彈到餐桌上。富比士女士臉色刷白，嘴脣線條變得僵硬，直到爆炸的煙霧散去，她的眼鏡蒙上一層淚水。接著她摘下眼鏡，拿起餐巾擦拭，起身前，她把餐巾放回桌上，一副不光榮戰敗的灰頭土臉表情。

「你們愛做什麼，就做什麼。」她說。「就當我不存在。」

她在七點過後關在房裡。但是到了快午夜，當她以為我們已經睡著，我們看見她穿著女學生睡袍，端著半塊巧克力蛋糕和還剩四指高的毒酒回房間。一股同情的感覺油然而生，我的身體發抖不止。

「可憐的富比士女士。」我說。

我的弟弟呼吸混亂。

「如果她今晚沒死，可憐的是我們。」他說。

那天凌晨她又自言自語好長一段時間，她陷入無盡的瘋狂，大聲朗讀席勒的詩句，最後以一聲尖叫結束，叫聲傳遍整棟屋子。接著，她發出來自靈魂深處的連連嘆氣聲，以及像是漂流的小船拖著長長一聲悲哀的口哨聲。經過一夜緊張失眠，我們清醒時還是筋疲力竭，而萬丈陽光已經穿透百葉窗探進房間，但是整棟屋子像是沉在池子裡，這時我們發現已經快十點，富比士女士卻沒依照早晨作息叫醒我們。我們沒聽見八點的馬桶沖水聲，也沒聽見洗手臺水龍頭的流水聲，百葉窗的沙沙響，靴子的馬蹄底聲，或者她那隻暴君的手拍在門上的煩人三聲。我的弟弟把耳朵貼在牆上，暫停呼吸，想察覺隔壁房間是否有任何生命跡象，最後他吐出解脫的一口氣。

「成功了！」他說。「我只聽到海浪聲。」

快十一點時，我們自己做早餐，然後趁著芙露薇亞・富拉米內亞還沒帶著她那群貓來家裡打掃時，帶著兩個各自用和另外兩個備用的氧氣筒到下面的沙灘上去。歐雷斯特正在碼頭上剖開一隻剛釣上岸的六磅重金頭鯛。我們跟他說，我們等富比士女士到十一點，既然她還在睡，我們就決定自己下來海邊。我們還告訴他，前一晚她在餐桌邊哭了出來，或許她睡得不好，決定躺在床上休息。正如我們預測，歐雷斯特對我們的解釋不怎麼感興趣，他陪我們在海底搜刮一個多小時。接著，他要我們上去吃午飯，就駕著他的引擎小船到觀光旅館賣金頭鯛。我們在石頭階梯上對他揮揮手道別，讓他相信我們準備回家，直到他繞過峭壁消失。這時我們裝上氧氣瓶，在沒有人允許下繼續游泳。

這一天烏雲密布，地平線傳來隱約的雷聲，但是大海平靜無波，清澈透明，光是海水的波光就已夠亮。我們在海面游泳，抵達潘泰萊里亞島，然後我們右轉繼續游約一百公尺，到了曾在夏初在這裡看過戰爭魚雷大概的地點，我們潛到水底下。

的確就在那裡：一共六枚，是太陽的金黃色，上面的序號還完整無缺，在那火山地形底部井然有序的排列絕非偶然。接著，我們繞著燈塔游泳，尋找芙露薇亞．富拉米內亞經常以非常驚奇的口吻告訴我們的水底城市，但是沒找到。兩個小時後，我們認為再也沒什麼新的神秘發現，在僅剩最後一口氧氣時浮出水面。

我們游到半路，遇到驟降的夏季暴雨，海面浪濤翻騰，一群肉食性鳥兒發出尖聲鳴叫，在沙灘上一堆垂死掙扎的魚上方盤旋。但是午後的天光恍若晨曦，沒有富比士女士的生活真是美好。然而，當我們費力地爬上峭壁臺階，我們看見屋子裡聚集很多人，門口前面還停著兩輛警車，這時我們第一次意識到我們做了什麼。我的弟弟開始發抖，準備掉頭離開。

「我不要進去。」他說。

我則相反，我隱隱以為只要進去看屍體，就可以擺脫嫌疑。

「冷靜下來。」我對他說。「深呼吸，想著這件事就好：我們什麼都不知道。」

沒有人注意我們。我們把氧氣瓶、蛙鏡和蛙鞋放在門廊上，從側邊長廊進去，那邊有兩個男人坐在地上抽菸，他們旁邊有個擔架。這時我們發現後門有一輛救護車和好幾個帶著獵槍的軍人。大廳裡，住在附近的幾個女人坐在靠牆的椅子上用方言禱告，她們的先生則是聚在院子裡東南西北聊著跟死亡無關的話題。我緊緊握著弟弟僵硬和冰冷的手，從後門踏進屋內。我們的臥室是打開的，裡面跟我們早上出門時一樣沒變。富比士女士住的隔壁房間門口，站著一個武裝警察控制進入，但是門是開的。我們懷著忐忑不安的心，探頭往裡面瞧，一這麼做，芙露薇亞．富拉米內亞就像一陣疾風從廚房跑出來，發出驚恐叫聲，關上了門：

「看在天主的分上，孩子們，不要看她！」

可是已經太遲。我們下半輩子永遠忘不了在那瞬間看見的畫面。兩個穿便衣的男人正拿著捲尺測量床鋪到牆壁的距離，另一個拿著罩著黑布的相機拍照，就像在公園裡那些攝影師拿的相機。富比士女士不是躺在凌亂的床上。她側躺在地板上，赤裸身體下是一灘乾涸的血窪，她身中了多刀，血把整個房間地板染紅。一共有二十七處致命刀傷，從傷口數量和殘忍的手法可以發現，刀刀都是在失去理智的高潮中刺下，富比士女士回以同樣的熱情承受，她沒有尖叫，沒有哭泣，只是用她士兵的美麗嗓音朗誦席勒的詩句，清楚知道這是她為快樂的夏日必須要付出的代價。

一九七六年

燈光似水流

LA LUZ ES COMO EL AGUA

耶誕節時，孩子們再一次要求想要一艘划艇。

「好吧。」爸爸說。「等我們回印第安卡塔赫納就買。」

托托九歲，喬耶七歲，他們遠比父母想像的還堅決。

「不行。」他們齊聲說。「我們現在就要，就在這裡。」

「首先，」媽媽說。「這裡除了淋浴間的水，沒有其他可以划船的水。」

她跟丈夫說的都對。他們在印第安卡塔赫納的家有個庭院和一個朝著海灣的碼頭，以及一棟可以停兩艘大遊艇的小屋。相反地，在馬德里他們擠在卡斯蒂利亞大道四十七號五樓的一間公寓裡。但最後他跟她都沒辦法拒絕，因為他們跟孩子保證過如果他們贏得小學三年級的桂冠獎，就能得到一艘附帶六分儀和指南針的划艇，而他們真的贏了。所以，爸爸沒告訴妻子就全買了，因為她最反對清償玩笑的欠債。那是一艘美麗的鋁製小船，吃水線綴著一條金邊。

「小船在車庫。」爸爸在吃午餐時說。「問題是搬不上來，樓梯跟電梯都沒辦法，現在車庫完全沒空間了。」

然而，隔一週的禮拜六下午，孩子們邀請他們的同學一起把小船從樓梯搬上來，他們成功搬到了洗衣間。

「恭喜。」爸爸對他們說。「那麼現在要做什麼？」

「沒做什麼。」孩子們說。「我們只是想要房間裡有一艘小船，這樣就夠了。」

禮拜三晚上，父母照例去看電影。孩子們變成一家之主，他們關上門窗，打破客廳一盞燈點亮的燈泡。一道輕柔的金黃光線彷彿一道水流，從破掉的燈泡傾瀉而下，孩子們讓光線積滿四個手掌深。這時他們截斷水流，抬出小船，高興地在家中的島嶼之間划船。

這場驚奇的冒險故事，來自我參加一場關於家用品的詩詞座談會時的一個隨口回答。托托問我為什麼按下開關燈就會亮，我想都沒多想就回答。

「燈光就像水流。」我回答他。「一打開水龍頭就會流出來。」

因此，孩子們每個禮拜三夜晚都在划船，學習怎麼操作六分儀和指南針，直到父母從電影院回家，發現他們就像凡間天使睡得香甜。幾個月後，他們渴望更進一步學習，要求買一套潛水捕魚的裝備。一樣都沒少：蛙鏡、蛙鞋、氧氣瓶和壓縮空氣槍。

「你們在洗衣間擺著一艘不能用的划艇已經很糟。」爸爸說。「你們還想要潛水裝備，豈不是更糟糕。」

「如果我們得到第一學期的金栀子花獎呢？」喬耶說。

「不行。」媽媽慌張地說。「別再買了。」

爸爸責備她不通情理。

「這兩個孩子連好好做功課都辦不到。」她說。「但是為了異想天開的想法，倒是連老師的椅子都能贏到手。」

最後父母沒有答應也沒拒絕他們。托托和喬耶原本在前兩年比賽都是最後幾名，到了七月竟雙雙贏得金栀子花獎，還獲得校長公開表揚。同一天下午，他們雖然沒再跟父母提要求，卻在房間發現完整包裝的潛水裝備。因此隔一個禮拜天，當他們父母去看《巴黎最後探戈》，他們把公寓裝滿兩噚深的光線，像溫馴的鯊魚在家具和床下游泳，在光底把幾年來在黑暗中遺失的東西都給撈了出來。

在年末的頒獎典禮上，兩兄弟被選為學校楷模，獲頒優等獎狀。這一次他們沒有要求任何東西，因為父母已經開口問他們要什麼。他們非常理智，說只想在家舉辦派對，招待班上同學。

爸爸跟媽媽獨處時笑容滿面。

「這代表他們成熟了。」他說。

「願天主聽到你的話。」媽媽說。

到了下一個禮拜三，當父母去看《阿爾及爾之戰》，經過卡斯蒂利亞大道的人看見一道光瀑從一棟隱身在樹木之間的老舊建築洩流而下。瀑布從陽臺溢出，由正面門牆往下奔騰，化作金黃色的湍流沿著大道滾滾而去，照亮了整座城市，直到瓜達拉馬。

消防隊接到緊急報案趕來，撬開五樓的大門，發現整個屋子一片光洋，淹到了屋頂。豹皮沙發和扶手椅高低不一漂浮在客廳裡吧檯的酒瓶和三角鋼琴之間，而鋼琴的馬尼拉罩布彷彿金色的鬼蝠魟在光水中飛舞。廚房用具在廚房的空中展翅飛翔，全然是詩境的場景。孩子們跳舞用的軍樂隊樂器漂流在色彩繽紛的魚之間，這些從媽媽的魚缸逃出來的魚是唯一活著的生物，快樂地浮游在廣闊的亮光沼澤裡。浴室裡，漂浮著全家人的牙刷、爸爸的保險套、媽媽的乳霜罐和備用假牙，主臥室裡的電視側浮著，還在播放兒童不宜的午夜電影的最後一段。

走廊盡頭，托托坐在划艇的船尾，漂浮在光中，他緊緊抓著船槳，戴著蛙鏡，尋找他的氧氣瓶的空氣可以抵達的港口燈塔。喬耶漂浮在船頭，用六分儀尋找北極星的高度。他們的三十七個同學漂浮在屋內每個角落，永遠停在各種動作的瞬間，有的在天竺葵的花盆撒尿，有的在唱校歌，把歌詞改成嘲笑校長的詞句，有的在偷喝一杯爸爸的白蘭地。他們同時間打開太多燈，屋子淹光災，聖胡利安小學四年級的全體學生都淹死在卡斯蒂利亞大道四十七號五樓的公寓裡。事發地點就在西班牙馬德里，一座夏天乾熱和冬天寒風刺骨的城市，那裡沒有海洋也沒有河流，這片土地上的居民永遠不擅在光洋中航行的技術。

一九七八年十二月

雪地上的血跡

EL RASTRO DE TU SANGRE EN LA NIEVE

他們抵達邊界時，正好夜幕降臨，妮娜．達康德發現戴婚戒的那根手指還在流血。警察拿起乙炔燈檢查他們護照，他戴著漆皮三角帽，罩著蓋住頭部的粗羊毛毯子，費力地站穩，以免被庇里牛斯山的強風吹倒。那是兩本正常的外交護照，不過民兵還是提起燈確定上面的照片跟本人符合。妮娜．達康德看起來幾乎像個小女孩，她有一雙雀躍的小鳥的眼睛，儘管此刻是一月陰沉沉的天黑時刻，一身糖蜜色的皮膚還散發著加勒比海的耀眼陽光，她從脖子到腳包得緊緊的，身上那件水貂皮領大衣就算花掉整個邊防駐軍一年薪水也買不起。她的丈夫比利．桑切茲．德阿維拉開著汽車，他比她小一歲，長相相當俊美，他穿著一件蘇格蘭紋夾克，戴著一頂棒球帽。他跟妻子外貌懸殊，他有副高大的運動員體格，堅毅的下巴，看似兇惡卻又面露靦腆。但最能清楚透露兩人生活條件的是那輛鍍白金的汽車，裡面散發一股野生動物氣味，在這個貧困的邊界地區從未看過。汽車後座堆滿新的刺眼的行李箱，和許多還沒打開的禮物盒。此外還有一支高音薩克斯風，這一直是主宰妮娜．達康德人生最大的熱情，直到她墜入禁忌的情網，愛上在溫泉浴場遇見的溫柔幫派情人。

當警察交還蓋完章的護照，比利．桑切茲問他哪裡有藥局，他要替妻子的手指治傷，警察迫於逆風，大聲告訴他到了法國的昂代亞再找人問。但是昂代亞的警察穿著襯衫坐在溫暖光亮的玻璃崗哨亭的桌邊，一邊打紙牌，一邊沾碗裡的酒吃麵包，他們看到汽車的大小和等級，直接示意他們可以進入法國。比利．桑切茲按了幾次喇叭，但是那些警察沒搞清楚這是在叫他們，其中一個打開窗戶對他們大吼，憤怒比風力還要猛烈：

「媽的！走開！」

這時，妮娜．達康德從汽車出來，整個人連同耳朵都包在大衣裡，她用完美的法語問警察哪裡有藥房。警察滿嘴塞滿麵包，照平常一樣回答這不干他的事，更何況是在風暴來襲的夜晚，然後關上了小窗戶。但最後他仔細看著正在吸吮手指傷口的女孩，和她身上天然水貂皮的亮澤，想必是把她當作這個驚魂夜的精靈化身，於是心情立刻改變。他解釋，最近的城市是比亞里茨，但現在是嚴冬，加上狂風呼嘯，或許藥局都沒開，要到比較遠的城市巴約訥。

「很嚴重嗎？」他問。

「沒事。」妮娜．達康德笑著說，舉起那隻戴著鑽戒的手指給他看，看得到指腹被玫瑰刺傷的小小傷口。「只是刺傷。」

還沒抵達巴約訥，雪又開始降下。這時是七點多，但是暴風猛烈颳著，他們只看見空蕩蕩的街道和緊緊關閉的屋舍，他們繞了許多圈，還是找不到任何藥局，於是他們決定繼續往前開。比利．桑切茲很高興做了這個決定。他熱烈追求稀奇的汽車，永遠無法滿足慾望，他的父親對他懷著深深的愧疚，為了讓他開心，總是給他過多的資源，他從沒開過類似這輛當作結婚禮物的賓利敞篷車。他陶醉地開著車，開得越久，越能忘記疲憊。他計畫好這一晚要開到波爾多，因為他們在錦繡大酒店預定了蜜月套房，逆風和大雪都阻止不了他。相反地，妮娜．達康德筋疲力竭，尤其是從馬德里出發的最後一段公路沿著山崖崎嶇難行，一路下著冰雹。因此，過了巴約訥之後，她把無名指用手帕包好，壓住還在淌流的鮮血，然後深深睡去。比利．桑切茲一直到接近午夜才發現她睡著，這時雪停了，松樹林之間的風也戛然而止，荒地的夜空銀河上繁星點點。車子抵達波爾多，眼前只見一片沉睡中的燈光，但是他只在公路加油站停下來加滿油箱，因為他還有精神一口氣趕到巴黎，他實在很開心收到二萬五千英鎊的大玩具，甚至沒問睡在一旁的尤物是不是也一樣，她纏著繃帶的手指還在滲血，在她青春少女的夢中，第一次襲來惶惶不安的感覺。

他們在三天前結婚，地點在離這裡一萬公里遠的印第安卡塔赫納，他的父母驚訝不已，她的父母失望透頂，但是兩人收到大主教個人的祝福。除了他們倆，沒有人知道背後真正的理由，或者這段從天而降的愛情是從何而來。愛情的萌芽起自婚禮三個月前，那個禮拜天比利．桑切茲和他那群狐群狗黨在馬貝拉海濱溫泉浴場突襲女更衣室。妮娜．達康德剛滿十八歲，剛剛從瑞士的聖布萊斯的夏德勒尼住宿學校返回，她會講四種語言，完全沒有腔調，高音薩克斯風吹奏的技巧可媲美大師級，那天是她回來以後第一個到海邊的禮拜天。當隔壁幾間淋浴間傳來驚恐的奔逃聲和碰撞的尖叫聲時，她一絲不掛正要穿上泳衣，還搞不清楚發生什麼事，她那間的門鎖已經撞碎飛開，接著她看見一個她所見過最俊美的惡棍。他全身只穿一件假豹皮丁字褲，身材均勻柔軟，擁有一身熱愛大海的人的古銅膚色。他的右手腕戴著一個羅馬戰士的金屬手環，捲著一條用來當致命武器的鐵鍊，他的脖子掛著一條沒有聖人像的項鍊，那面圓形浮雕鍊墜隨著嚇得怦怦跳的心臟安靜起伏。他們曾在同一所小學讀書，也曾在慶生會上擊破許多個皮納塔禮物玩具，兩人都來自外省的名門望族，家族從殖民時代以來就隨心所欲操縱他們城市的命運，只是他們許多年不見，第一眼沒認出彼此。妮娜・達康德僵直站著，沒有任何設法遮住養眼裸體的反應。這時，比利・桑切茲繼續做完他幼稚的舉動：他脫下豹皮內褲，露出挺拔的性器。她直視他，沒有絲毫驚恐。

「我看過更大更硬的。」她設法控制恐懼並說。「所以你得想想該怎麼做，才能比黑人表現得更好。」

事實上，妮娜・達康德不但是處女，在此之前也從未見過男人的裸體，但是她的挑釁起了效果。比利．桑切茲氣得舉起捲著鐵鍊的手往牆壁一搥，把拳頭的骨頭擊斷了。她開著她的車送他去醫院，幫助他熬過康復期，最後兩人一起學會好好做愛。他們在妮娜．達康德祖屋的內院露臺度過難熬的六月下午，她用薩克斯風吹奏流行歌曲，他帶著上石膏的手躺在吊床上凝視，驚嘆連連，她的家族六代祖先都在這棟屋子裡過世。屋子開著許多扇落地窗，面對著海灣飄著腐臭味的死水，是拉曼戈社區最大、最古老但無疑也是最醜陋的屋子。不過，在酷熱的下午四點，妮娜．達康德吹奏薩克斯風的棋盤狀磁磚露臺彷彿避暑勝地，朝著一個籠罩在芒果樹和香蕉樹大片涼蔭的庭院，樹下有個立著空白墓碑的墳墓，遠在祖屋和自家族有記憶以來就已存在。就連不懂音樂的人聽到薩克斯風演奏，都會想著在一棟經歷那麼多個世代的屋子裡傳出那樣的樂音像是時代錯誤。「聽起來就像船的汽笛聲。」妮娜．達康德的祖母第一次聽到的時候曾這麼說過。她吹奏時，會為了自在地把裙子拉高到大腿，岔開雙腳，流露一種她的母親覺得音樂並不需要的感官上的肉慾，她的母親希望她換個方式吹奏，無奈並沒有成功。「我不在乎妳玩什麼樂器。」她對女兒說。「只要能在演奏時把雙腿併攏。」但是這恰似船的汽笛聲和愛的狂野表現，讓妮娜．達康德打破比利．桑切茲惹人厭的保護殼。她發現他其實是徬徨無措的柔弱孤兒，承受兩個光輝姓氏結合之累，穩穩築起悲哀愚蠢的惡名。最後在他等待骨頭癒合期間，他們相互了解甚深，一個下雨的午後當屋子裡只剩他們倆，她牽著他走向她的閨女床鋪，他不禁訝異這段戀情竟然發展這麼順利。之後將近兩個禮拜每天的同一個時間，他們就在各個戰士先祖和慾求不滿的先祖妣肖像前，當著他們驚愕的目光，在那張他們曾享受過樂園時光的祖傳床鋪上赤身裸體嬉戲。做愛後喘口氣的休息時間，他們依然一絲不掛，開著窗戶，呼吸海灣微風捎來船骸氣味，聞著那腐臭，聆聽在薩克斯風安靜下來時庭院傳來的日常生活喧鬧，香蕉樹下蛤蟆單調的鳴叫，滴在無名墳塚上的水聲，以及他們之前沒時間認識的生活的自然步調。

當妮娜．達康德的父母返家時，他們已經愛得天翻地覆，發展到容不下世界其他東西的地步，他們隨時隨地做愛，每一次都試著嘗試新花招。起先他們選在比利．桑切茲的父親為消除內疚而買的敞篷汽車裡。之後，當在汽車裡翻雲覆雨變得輕而易舉，他們就趁夜晚溜進空無一人的馬貝拉海灘更衣室，在那個他們的命運第一次交集的地點，甚至十一月的嘉年華期間，變裝混進古老的格斯瑪尼奴隸社區的出租房間。靠的是不過幾個月前還得忍受比利．桑切茲和他的狐群狗黨保鏢的妓女的掩護。妮娜．達康德全心全意投入這段偷情，一如當初對薩克斯風的狂熱奉獻，最後她終於馴服她的匪徒，讓他明白她說的應該比黑人表現更好是什麼意思。比利．桑切茲一直回以同樣的熱情。他們結婚後，曾在大西洋上空趁空中小姐熟睡之際，吃力地擠在飛機廁所履行夫妻的敦倫義務，他們在馬桶上無法盡情享受，倒是笑得前仰後合。直到婚禮過後二十四小時的這一刻，他們才知道妮娜．達康德已經懷有兩個月身孕。

因此，他們抵達馬德里時，已不再感覺是亟欲平息飢渴的情侶，不過還剩足夠熱情得以表現得猶如標準的新婚夫妻。雙方父母已打理好一切。飛機降落之前，一位禮賓官上來頭等艙送一件亮黑條紋的白色水貂皮領大衣給妮娜・達康德，那是父母送她的結婚禮物。比利・桑切茲收到的是這個冬季一件新款的羔羊皮夾克，一把沒有刻上品牌的鑰匙，機場有一輛驚喜汽車禮物正在等著他。

他們國家的大使館團在國家接待廳迎接他們。大使夫婦不只是他們雙方家庭長久以來的朋友，大使本人還親自接生妮娜・達康德，他拿著一束新鮮玫瑰等著她，鮮花閃耀動人的光澤，連上面露珠看起來都像是假的。她對自己年紀輕輕就結婚感到不自在，向大使和他的夫人問好，給他們調皮的招呼吻後，接過玫瑰。接下那一刻，她的手指被花莖上的一根刺刺傷，但是她以讓人愉快的方法化解這件意外。

「我是故意的。」她說。「這樣大家就會注意到我的婚戒。」

大使館團人員的確對那枚閃亮的婚戒讚嘆不已，戒指肯定價值連城，不只是上面的鑽石等級，也因為那是保存良好的古董。但是沒人發現她的手指開始流血。接下來，所有人的注意力都轉向新車。大使很開心能把車子送來機場，還特地用玻璃紙包裝，打上巨大的金色蝴蝶結。比利・桑切茲並沒有欣賞他的巧思。他迫不及待想看新車，一把撕破包裝紙，興奮地喘不過氣來。這是一輛這一年的新款賓利敞篷車，內飾是真皮材質。天空彷彿一件灰色斗篷，刺骨寒風從瓜達拉馬吹來，這時暴露在空氣中並不是好的選擇，可是比利．桑切茲還不覺得冷。他讓大使館團人員待在露天停車場，沒有注意他們快凍僵卻又基於禮貌不得不等他檢查完汽車的每個細節。接下來大使坐在他身邊，指引他把車子開到官邸，午宴已經備妥。他在途中向他介紹這座城市著名的景點，但是他的心神都縈繞在車子的魅力上。

這是他第一次離鄉在外。他換過所有的公私立中學，不斷重讀同樣的課程，最後變得對一切事物感到麻木。他對這個跟他的故鄉不同的城市，第一印象是一棟棟灰色的房屋，即使大白天也開著燈，光禿禿的樹木，遠在天邊的大海，一切慢慢勾起讓他努力埋在內心深處的不安。然而，沒多久他就不自覺掉進遺忘的陷阱。午宴後，他們離開大使官邸，準備啟程前往法國，卻發現一場短暫的暴風雪悄悄來襲，整座城市覆蓋一層閃閃發亮的白雪。這時比利．桑切茲忘掉汽車，在所有人面前發出狂喜的吶喊，抓起一把把白雪放到頭上，穿著外套在大街上打滾。

等到暴風雪過去，他們在一個天空轉為清朗的午後離開馬德里，這時妮娜．達康德第一次注意到手指滲血。她嚇了一跳，因為數次午宴後，她吹薩克斯風替喜歡唱義大利歌劇詠嘆調的大使夫人伴奏，從沒發現無名指不適。她舉起手指對丈夫指著通往邊界的最短路線，不自覺一流血就吸吮手指，直到他們抵達庇里牛斯山邊界，才想到要找一間藥房。接著，她在經歷幾天奔波後補眠，做了一個汽車行駛在水面上的惡夢，猛然驚醒，好一會兒都沒想起指頭綁著手帕。她瞄一眼儀表板上發亮的時鐘，已經過了三點，在內心默默計算一下，這時她才知道他們已經過波爾多，也過了安古蘭和普瓦捷，正沿著漲潮淹水的羅亞爾河堤開去。月光穿透薄霧，松樹林間的古堡的輪廓彷彿仙女故事中的城堡。妮娜．達康德對這一帶非常熟悉，她估計他們離巴黎大概只剩大約三個小時，比利．桑切茲還握緊方向盤，沒有絲毫疲態。

「你真是個野人。」她對他說。「你開了超過十一個小時，什麼東西都沒吃。」

他還飄飄然，沉醉在新車的喜悅中。儘管他在飛機上睡得不多也睡得不好，卻感覺神智清醒，還有足夠力氣在天亮時抵達巴黎。

「我在大使館吃過午餐，到現在還很撐。」接著莫名其妙加了一句：「總之，在印第安卡塔赫納現在是電影散場的時間。差不多是十點。」

不管如何，妮娜．達康德怕他邊開車邊打瞌睡。她從眾多在馬德里收到的禮物拿起一個打開，想塞一塊糖漬橘子給他吃。但是他避開了。

「男子漢不吃甜點。」他說。

快抵達奧爾良時，霧氣散去，一輪巨大的明月照亮白雪皚皚的農地，但隨著開往巴黎的滿載蔬果和儲酒槽的大型貨車出現，交通狀況越來越惡劣。妮娜．達康德想幫丈夫開車，但是她連暗示都說不出口，因為他從兩人開始交往就警告過她，男人最大的侮辱莫過於讓位給妻子開車。她熟睡了快五個小時，精神抖擻，而且她很高興沒有停下來在法國外省的旅館過夜，她從小就跟著父母經常來旅行，對這個國家非常熟悉。「世界上再也找不到其他更美的風景。」她說。「不過，即使渴死也不會有人肯給一杯免費的水。」她太過相信這件事，因此出發前最後一刻塞了一塊香皂和一卷衛生紙到手提行李箱，法國的旅館從來沒有香皂，至於廁紙都是把前一個禮拜的報紙裁成四方形紙片掛在鉤子上。這一刻她唯一惋惜的是浪費一整夜春宵時光。她的丈夫立刻給了回應。

「我剛剛在想，在雪地上來一次一定很刺激。」他說。「如果妳想的話，就在這裡。」

妮娜．達康德認真地考慮一下。公路旁的雪地在月光下看起來蓬鬆又溫暖，但是隨著越靠近巴黎近郊，交通越忙亂，還有燈火通明的工廠和無數個騎著腳踏車的工人。如果不是冬季，這個時間已經是大白天。

「還是等到了巴黎比較好吧。」妮娜．達康德說。「身體暖暖的躺在鋪著乾淨床單的床鋪上，就像結婚的夫妻該做的。」

「這是妳第一次拒絕我。」他說。

「當然囉。」她回答。「這是我們第一次當夫妻。」

天色快破曉時，他們在路上的一間飯館洗臉和上廁所，以及坐在吧檯喝咖啡配熱可頌，一旁的幾個卡車司機則是喝葡萄酒當早餐。妮娜・達康德在廁所發現她的上衣和裙子都沾上血跡，不過她不打算洗。她把染血的溼手帕丟進垃圾桶，把婚戒改戴在左手，用香皂和清水仔細洗淨受傷的指頭。刺傷幾乎看不見。然而，當他們回到車上，手指又開始流血，因此妮娜・達康德將手肘擱在車窗上，心想農田冰冷的空氣能止血，就像燒灼傷口。不過這個方法沒用，但是她沒發現。「如果有人想找我們，十分簡單。」她帶著自然散發的魅力說，「只要追蹤我滴在雪地上的血跡就可以。」接著，她仔細想了一下自己說的話，臉龐在第一道晨曦中亮了起來。

「想像一下。」她說。「從馬德里一路滴到巴黎的雪地血跡。你不覺得很美，很適合一首歌？」

她沒時間繼續想。到了巴黎近郊，她的指頭像是止不住的噴泉，她感覺靈魂似乎被傷口慢慢抽走。她試著拿行李箱裡的那卷衛生紙止血，但是根本來不及捲在指頭上就沾溼，只能把血跡斑斑的紙張丟出車窗外。她身上穿的衣服、外套和車座都慢慢地浸溼鮮血，而且情況沒有好轉。比利・桑切茲真的開始慌了，他堅持要找到藥局，但是這時她知道這不是藥師能解決的問題。

「我們快到奧爾良了。」她說。「繼續往前開，沿著勒克萊爾將軍街開，那條街比較寬，有很多樹木，到時我再跟你說該怎麼做。」

這是這趟旅程最艱辛的一段路。勒克萊爾將軍街上交通打結嚴重，擠滿小汽車和摩托車，雙向線道都塞車，還有要開往中央市場的大型卡車。比利・桑切茲緊張極了，拚命按著震耳欲聾的喇叭聲，但是都沒用，他跟幾個司機用保鏢黑話大聲叫罵，甚至想下車跟其中一個打架，不過妮娜・達康德告訴他法國人是世界上最粗鄙的民族，但從不打架，總算勸阻了他。這再次證明她是個相當有理智的人，因為這時她正努力別讓自己失去意識。

光是離開貝爾福雄獅廣場就花了超過一個小時。咖啡館和商店全都燈火通明，好似還是大半夜，因為這是巴黎一月典型的禮拜二，灰濛濛的天空烏雲密布，不斷下著不會凝成雪花的綿綿細雨。但費爾—羅什大道交通比較順暢，過了幾個街區，妮娜．達康德向丈夫指示右轉，把汽車停在一間陰暗的巨大醫院的急診室門口。

她需要攙扶下車，不過十分鎮定和神智清楚。她躺在擔架床上，回答護士對於她的身分和之前健康狀況的例行問題，等待值班醫生到來。比利．桑切茲把包包拿來給她，握緊她戴著婚戒的左手，感覺那隻手好憔悴冰冷，她的嘴唇已經失去血色。他守在她身邊，握住她的手，直到值班醫生到來，很快地檢查她那隻受傷的無名指。他是個相當年輕的男人，一身古銅色皮膚，頭頂光禿禿的。妮娜．達康德沒特別注意醫生，只是對丈夫露出淡淡的微笑。

「別怕。」她用一貫無敵的幽默說。「頂多讓這個食人魔砍下我的手吃掉罷了。」

醫生結束檢查，這時他用標準的西班牙語回答，儘管帶著一種怪異的亞洲腔調，還是嚇了他們一跳。

「不會的，孩子們。」他說。「我這個食人魔寧願餓死，也不會砍下這麼漂亮的手。」

他們不知所措，但醫生面露和善，安撫他們。接著他叫人抬走擔架，比利・桑切茲牽著妻子的手，想跟過去。醫生拉住他的手臂，留住了他。

「不要跟去。」他對他說。「她要去加護病房。」

妮娜・達康德再次對丈夫微笑，揮揮手對他說再見，直到擔架床消失在走廊盡頭。醫生花了點時間檢視護士寫在病歷表上的資料。比利・桑切茲叫住他。

「醫生。」他對他說。「她懷孕了。」

「多久了？」

「兩個月。」

醫生不像比利・桑切茲預期的特別在意這件事。「告訴我是對的。」他說，接著他跟在擔架床後面離開。比利・桑切茲站在陰森森的大廳，空氣中彌漫著病人的汗臭味，他望著他們帶走妮娜・達康德後空蕩蕩的走廊，不知道該做什麼，接著他在木板凳坐下來，一旁還有其他人正在等待。他不知道自己待了多久，當他決定離開醫院，天色又暗了下來，細雨依舊綿綿下著，他依然不知道自己該怎麼辦，只感覺世界的重量壓在身上無法呼吸。

幾年後，根據我從醫院的檔案證實，妮娜．達康德在一月七日禮拜二九點三十分住院。第一晚，比利．桑切茲睡在停在急診室對面的汽車裡，第二天一大早，他找到一間最近的咖啡館，吃了六個水煮蛋和兩杯咖啡牛奶，因為自從離開馬德里，他還沒吃過一頓完整的飯。接著，他返回急診室大廳看妮娜．達康德，但是他們向他解釋要到正門口。終於，他們找到一個來自阿斯圖里亞斯的接待人員幫忙他跟門口守衛翻譯，後者確認妮娜．達康德確實住院，可是只有每個禮拜二早上九點到下午四點開放探視。也就是六天後。他想見那位會講西班牙語的醫生，他描述他是個光頭，深色皮膚，可是沒人能憑簡單兩個特徵猜出是哪一位。

他知道妮娜．達康德確實住院後冷靜下來，他回到停車地點，一位交通警察要他把車子停到往前兩個街區外一條相當狹窄的小巷，而且必須是單號的那一邊。對面的人行道上有一棟重新整修的建築，上面有個招牌寫著「妮可旅館」。這間旅館是一顆星等級，非常狹小的接待廳裡只有一張沙發和一架老舊的直立式鋼琴，不過只要旅客有錢付帳，有副悅耳嗓音的老闆都能用各種語言跟他們溝通。比利·桑切茲提著十一個行李箱和九個禮物盒，投宿唯一的一間空房，他爬上一座彌漫水煮花椰菜氣味的螺旋階梯，上氣不接下氣終於抵達位在九樓的三角閣樓。房間的牆壁貼著破爛的壁紙，僅有的一扇窗戶只能勉強照進內院的黯淡光線。裡面有一張雙人床，一個大衣櫃，一張簡單的椅子，一個手提坐浴盆，一個洗手臺和臉盆以及水罐，所以待在房裡的唯一辦法是躺在床上。一切除了老舊，更顯悲涼，所幸非常乾淨，還有一股藥劑剛清潔過的氣味。

比利·桑切茲這輩子都不可能了解這個以節省為基準的世界，和解開這個世界的各種謎團。他不懂樓梯的電燈怎麼會在他爬到他的樓層之前熄滅，也沒找到辦法重新打開。他得花上半個早上的時間才搞懂每個樓層的樓梯平臺有個小房間，裡面是拉鍊式沖水馬桶，當他決定摸黑使用馬桶，卻意外發現只要從裡面把門鎖上，電燈就會打開，這是為了防止有人忘記關燈。淋浴間在走廊盡頭，他堅持跟在自家一樣每天使用兩次，每次使用都要另外用現金付費，水是熱的，由櫃檯控制在三分鐘後關閉。然而，比利．桑切茲非常清楚，遵守這個跟他的習慣完全不同的規定，比待在一月天的戶外要好，此外他感覺茫然失措，孤單不已，不懂沒有妮娜．達康德的守護要怎麼活下去。

禮拜三早上，他一爬上投宿的房間，就穿著外套趴躺在床上，思念還在人行道對面流血的可人兒，接著馬上自然地墜入夢鄉，等一覺醒來已經是五點鐘，但是他猜不出究竟是下午五點還是清晨五點，或者是禮拜幾，或者是哪座城市，玻璃正承受著風吹雨打。他清醒後在床上等待，直到確定真的天亮，同時他想著妮娜．達康德。然後他到前一天的咖啡館吃早餐，到了那裡知道這一天是禮拜四。醫院的燈光亮著，雨已經停歇，他靠著一棵面對醫院正門口的栗子樹，凝視穿白袍的醫生和護士進進出出，希望找到那位診治妮娜．達康德的亞洲醫生。他沒看見他，這天午餐後的下午也沒見到他的蹤影，他不得不放棄等待，因為快要凍僵了。到了下午七點，他又喝了一杯牛奶咖啡和吃掉兩顆從玻璃櫃拿的水煮蛋，正好跟四十八個小時前一樣在同樣地方吃同樣的東西。當他回到旅館準備上床睡覺，卻發現他的汽車孤零零停在一邊的人行道旁，其他車子都在對面的人行道，擋風玻璃上有一張罰單。妮可旅館的守衛花了好一番工夫跟他解釋，每月的奇數日要停在奇數空格的人行道旁，隔天要換到相對的人行道旁，這麼多理性主義的花招，對於一個最典型的桑切茲·德阿維拉家族的人來說，實在難以理解，只不過兩年前，他還開著市長的座車撞進一間社區電影院，警察面對傷亡慘況還若無其事。他更無法了解的是，旅館守衛勸他支付罰單，但是這個時間不用換車位，因為午夜十二點一到又要換回來。這一天凌晨，他第一次不再滿腦子只想著妮娜·達康德，而是在床上翻來覆去睡不著，他想著在加勒比海卡塔赫納公共市場的同性戀酒吧，和在那裡打發的憂愁夜晚。他想起飯館的炸魚和椰子飯的滋味，外面的碼頭停靠的是阿魯巴的雙桅縱帆船。他想起他家爬滿九重葛的外牆，那裡現在還是昨天的晚上七點，他看見他的父親穿著睡衣在涼爽的露臺上讀報。

他想起他行蹤一向飄忽的母親，沒有人知道她幾點會在哪裡，他的母親頗具魅力，喜愛嚼舌根子，天黑以後她會穿上一套華麗的衣裳，耳朵插著玫瑰，被身上精美的布料悶得喘不過氣。有一天下午，當時只有七歲的他突然闖進她的房間，卻訝異發現她一絲不掛跟她的一位逢場作戲的情人躺在床上。這個從未說出去的意外事件連結了他們兩個，這段關係的利益多過於愛的成分。然而，他沒發現這一點，也沒發現做為寂寞的獨子遇到的許多可怕的事，直到這一晚他在巴黎一間破爛的閣樓房間的床上翻來覆去，他找不到人訴說他的不幸，他非常氣自己，因為他忍不住想哭的衝動。

這是個收穫良多的失眠夜。輾轉難眠一整夜後，禮拜五他費了一番力氣才起床，但是他已經毅然決然定義他的人生。他終於決定撬開行李箱換衣服，因為所有的鑰匙都在妮娜．達康德的包包裡，此外還有大部分的錢和一本電話簿，那上面或許有某個在巴黎的熟人的電話號碼。他到了同樣的咖啡館，發現自己已經能用法語打招呼和點餐，他點了火腿三明治和咖啡牛奶。他同時知道自己沒辦法點奶油或各種煮法的蛋，因為他永遠學不會怎麼說，但是只要點麵包一定會附上奶油，水煮蛋就在玻璃櫃裡，可以直接拿不需要用點的。此外，到了第三天，當咖啡館的服務生跟他熟稔後，就幫忙他表達他的意思。因此禮拜五的午餐時間，當他想讓頭腦恢復清醒，他點了一份牛排加炸薯條和一瓶紅酒。這時他感覺神清氣爽，再點了一瓶，喝掉一半，然後帶著堅定的決心穿過街道，打算硬闖醫院。他不知道要到哪裡找妮娜・達康德，但是他的腦海清楚印著那位亞洲醫生的模樣，他有把握能找到他。他沒從正門口進去，因為覺得急診室門口的門禁沒那麼森嚴，打算從那邊進去，但是他根本沒能走到妮娜・達康德跟他揮手說再見的走廊。當他要進去時，一位穿著血跡斑斑白袍的警衛跟他問了些什麼，但是他沒理會。警衛跟在他後面，用法語再問同樣的問題，最後用力抓住他的手臂，猛然把他擋下來。比利・桑切茲試著用保鏢的招數甩開他，這時守衛用法語咒罵粗話，輕鬆地把他的手臂扭到背後，不停狂罵他的媽媽是婊子，將他架空帶到門口，把痛得怒氣沖天的他，當作一袋馬鈴薯丟到大街上。

受了教訓後，這天下午比利・桑切茲變得成熟了。他決定求助大使，如果是妮娜．達康德的話一定會這麼做。旅館守衛儘管看似難以親近，卻是個熱心服務的人，而且他非常有耐心使用各種語言溝通，他從電話簿查到大使館的電話號碼和住址，把資料寫在一張卡片上。接電話的女人相當親切，比利．桑切茲立刻從她緩慢而沒有起伏的嗓音認出那是安地斯山區的腔調。他先講出全名，相信他的兩個姓氏一定能引起這個女人的注意，但是電話那頭的聲音沒有絲毫改變。他聽著她熟記的標準回答，說大使目前不在辦公室，要等到明天，但無論如何大使無法接待他，除非是特殊案例的私人會面。這時比利．桑切茲明白從她這條路無法找到妮娜．達康德，於是他回以同樣親切的態度，向她感謝提供的資料。接著他搭計程車前往大使館。

大使館位於香榭麗舍大道二十二號，那裡是巴黎最寧靜的幾個地段之一，但是根據許多年後比利．桑切茲在印第安卡塔赫納親口告訴我，他唯一忘不了的是那天豔陽高照，從他抵達巴黎以來，第一次看見天空灑下如同加勒比海的陽光，艾菲爾鐵塔高高地聳立在晴空下的市區。代替大使接待他的官員活像大病初癒，因為他穿著黑色毛料西裝，衣領緊扣，打著一條服喪用的領帶，而且他動作溫吞，聲音軟綿無力。他明白比利・桑切茲很焦急，但他提醒他們身在一個文明國家，這裡的嚴謹規條是根據古老和充滿智慧的準繩建立，不像在野蠻的拉丁美洲，只要賄賂守衛就能進入醫院。「不能這樣，年輕人。」他說。唯一的辦法是遵從理性的束縛，等到禮拜二。

「總之，只不過再等四天。」他下結論。「您可以趁這個時間參觀羅浮宮。絕對值回票價。」

比利・桑切茲離開那裡之後，來到協和廣場，不知道還能怎麼做。他看見高聳在屋頂之上的艾菲爾鐵塔，感覺似乎近在咫尺，便決定沿著碼頭走到那裡去。但是他很快發現其實比想像中還遠，而且只要往前找，方向似乎就會改變。因此他在塞納河畔的一張長板凳坐下來思念妮娜・達康德。他看見幾艘拖船從橋底下通過，不覺得那是船，反倒像是流動房屋，屋頂是彩色的，窗臺擺置花盆，甲板上還有晒衣繩。他凝視一位靜止不動、舉著一根釣竿的釣客許久，竿子垂著靜止不動釣線，最後看累了等待動靜，天色開始暗下，他決定搭計程車返回旅館。這時他才發現他不知道旅館的名字和住址，也完全不知道醫院到底是在巴黎的哪個區。

他驚恐不已，不知所措，踏進遇見的第一間咖啡館，點了一杯白蘭地，努力整理思緒。正當他思索時，看見自己在牆上的多面鏡子裡重複出現不同角度的倒影，感到害怕又孤獨，這是他出生以來第一次認真思考死亡。但是喝到第二杯，他感覺好了許多，腦中自然而然浮現回大使館的想法。他翻找口袋裡的卡片，想回憶街名，他發現卡片背面印著旅館的名字和住址。這一次不愉快的經驗嚇壞他，整個週末他都沒離開房間，除了吃飯跟把汽車移到該停的人行道旁。整整三天外面都下著跟他們抵達那天早上一樣的骯髒細雨。比利·桑切茲從未完全讀完一本書，這一刻他真想手邊有本書可以打發躺在床上的無聊時間，但是他在妻子的行李箱只找到不是西班牙語的書本。因此，他繼續等到禮拜二到來，凝視壁紙不斷重複的孔雀圖案，腦中沒有一刻停止思念妮娜·達康德。禮拜一他稍微整理一下房間，心想著她如果看到這個樣子會說什麼，就在這一刻他才發現她的水貂皮大衣沾染乾涸的血跡。他花了一個下午用他在手提行李箱找到的香皂洗大衣，把衣況恢復到在那架前往馬德里飛機上收到時的原樣。

禮拜二這天破曉後天色灰暗，空氣冰冷，但是沒下雨，比利．桑切茲六點就起床，到醫院門口跟一群病患的家屬一起等待，他們個個扛著禮物和一束束鮮花。他跟著人群進去，手臂掛著那件水貂皮大衣，他什麼也沒問，不知道該往哪裡去才能找到妮娜．達康德，但是他相信得找到那位亞洲醫生。他穿過一個非常遼闊的內院，有鮮花也有野生小鳥，兩邊是病房：女性住在右邊，男性在左邊。他跟著訪客到女性病房。他看見一長排女病患坐在病床上，她們穿著醫院的病人服沐浴在大扇窗戶照進來的日光中，他甚至想這些畫面比外面想像的愉快許多。他走到走廊盡頭，接著再往回走一遍，直到確認妮娜．達康德不在這裡。然後他回到外邊的長廊，從窗戶查看男性病房的狀況，直到他相信自己認出那位尋尋覓覓的醫生。

的確是他沒錯。他正在跟其他醫生和幾位護士一起檢查一位病患。比利．桑切茲進入病房，推開其中一位護士，站在那位亞洲醫生面前，他正彎腰看病患。他呼喚醫生。醫生抬起悲傷的雙眸，想了一下，最後認出他來。

「您到底躲到哪兒去了？」他說。

比利．桑切茲一頭霧水。

「旅館。」他說。「就在這裡的轉角那間。」

這時他終於知道一切。經過法國最高明的專家進行了七十個小時搶救無效後，妮娜．達康德在一月九日禮拜四晚間七點十分流血過多死亡。她到最後一刻始終神智清楚和冷靜，她交代醫院到雅典娜廣場飯店尋找她的丈夫，他們在那裡預定了房間，她給了父母的聯絡資料。禮拜五大使館接到外交部緊急電報，當時妮娜．達康德的父母已經飛來巴黎。大使親自處理遺體防腐和葬禮手續，和巴黎警察局保持聯絡，以期找到比利．桑切茲的下落。從禮拜五晚間開始到禮拜天下午，廣播電臺和電視臺不停發出他的個人資料的緊急尋人啟事，他成為這四十個小時內法國最迫切尋找的人。他的照片在全巴黎隨處可見，那是在妮娜．達康德的包包找到的照片。他們找到三輛同樣型號的賓利敞篷車，但是都不是他的車子。

妮娜．達康德的父母在禮拜六中午抵達，他們在醫院的小教堂替遺體守靈到最後一刻，希望能找到比利．桑切茲。至於他的父母也收到通知，打算飛來巴黎，但因為電報的消息有誤，最終打消決定。葬禮在禮拜天下午兩點舉行，距離比利．桑切茲待的破爛旅館房間不過短短兩百公尺，而他正在房間裡思念對妮娜．達康德的愛，被孤獨折磨得奄奄一息。幾年過後，接待他的那位大使館外交官員告訴我，那天在比利．桑切茲離開辦公室的一個小時後，他親手收到外交部的電報，他沿著聖多諾黑區街低調的酒吧找人。他坦承當初接待他時並沒有太用心，因為他沒想到那個來自沿岸城市的小夥子，對巴黎的新奇事物不知所措，穿著一件不搭調的羊皮外套，竟有這麼顯赫的身世。禮拜天晚上，當他正忍著氣得想哭的衝動，妮娜．達康德的父母放棄尋人，帶走裝著防腐遺體的金屬棺木，當時曾看過遺體的人在往後許多年仍不停地說他們從未見過比她還美的女人，不管是活人還是逝者。因此禮拜二早上，當比利．桑切茲終於能踏進醫院，葬禮已經在拉曼加區的哀傷的墓園舉行，離他們倆初識幸福密碼的屋子不過短短幾公尺。亞洲醫生在醫院的大廳裡告訴比利．桑切茲整樁悲劇後，打算給他幾顆鎮靜藥片，不過他拒絕了。他不告而別，不覺得需要道謝，他想著他唯一需要的是盡快找到一個人，拿鐵鍊狠狠痛宰他，為自己的不幸復仇。當他離開醫院時，壓根兒沒注意天空正飄下沒有血跡的白雪，柔軟潔淨的雪花就像鴿子的羽毛，整個巴黎的大街小巷充滿節慶氣氛，因為這是十年來的第一場雪。

一九七六年

國家圖書館出版品預行編目資料

異鄉客 / 加布列・賈西亞・馬奎斯作；葉淑吟譯．
-- 初版．-- 臺北市：皇冠，2021.01
面；公分．--（皇冠叢書；第4903種）(CLASSIC;109)
譯自：Doce cuentos peregrinos

ISBN 978-957-33-3654-9（平裝）

885.7357 109020640

皇冠叢書第 4903 種

CLASSIC 109

異鄉客

Doce cuentos peregrinos

作　　者—加布列・賈西亞・馬奎斯
譯　　者—葉淑吟
發 行 人—平雲
出版發行—皇冠文化出版有限公司
台北市敦化北路120巷50號
電話◎02-27168888
郵撥帳號◎15261516號
皇冠出版社(香港)有限公司
香港銅鑼灣道180號百樂商業中心
19字樓1903室
電話◎2529-1778　傳真◎2527-0904
總 編 輯—許婷婷
責任編輯—蔡維鋼
美術設計—王瓊瑤
著作完成日期—1992年
初版一刷日期—2021年01月

法律顧問—王惠光律師

讀者服務傳真專線◎02-27150507
電腦編號◎044109
ISBN◎978-957-33-3654-9
Printed in Taiwan
本書定價◎新台幣350元/港幣117元